AF764914

संतुष्टि

कोरोना
से आत्मज्ञान-2

रौनक राय

pblishing.com
write · share · connect · publish

An Imprint of

MAPLE PRESS PRIVATE LIMITED
office:A 63, Sector 58, Noida 201 301, U.P., India
phone: +91 120 455 3581, 455 3583
email: info@maplepress.co.in
website: www.maplepress.co.in

संतुष्टि (कोरोना से आत्मज्ञान-2) *by* रौनक राय

ISBN: 978-93-90602-10-0

Printed at Yash Printographics, Noida

10 9 8 7 6 5 4 3 2 1

Cover Design @ Umesh Semwa

समर्पण

सामाजिक जागरूकता हेतु समर्पित

कृतज्ञता

"कोरोना से आत्मज्ञान" में जिन महाभावों की विस्तार में चर्चा की थी, उन्हें बार-बार धन्यवाद ज्ञापित करने का मन करता है, उनका योगदान इस किताब में भी अतुल्यनीय है।

पर जिनको सिर्फ धन्यवाद कहकर संतुष्ट नहीं हो सकता, उनका उल्लेख करना चाहूँगा:- माता-पिता, धर्मपत्नी, भाई-बहन।

सभी को "कोरोना से आत्मज्ञान" के दूसरे भाग "संतुष्टि" के लिए एक बार फिर सहृय धन्यवाद।

आप सबका प्यार-दुलार और आशीर्वाद, मुझे सकारात्मक ऊर्जा से भरकर, आगे बढ़ने हेतु, आत्मबल प्रदान करता है।

यह सब अप्रत्यक्ष रूप से ईश्वरीय कृपा है, जिसकी अनुभूति मुझे लगातार हो रही है।

अनुक्रम

भूमिका

जब कोरोना महामारी की शुरुआत हुई तब डर जनित घबराहट के कारण, दुनियाभर में एकदम से भगदड़ मच गई थी, निराशा-हताशा के चलते भारत में भी, भेड़ चाल में एकाएक लॉकडाउन लगाना पड़ा, फलस्वरूप अर्थव्यवस्था का पतन, गरीब-मजबूर, मजदूरों का पलायन, असहनीय चिंता से सामाजिक चिड़चिड़ापन, पूरे देश में खौफ का माहौल मचाकर कहर ढ़ाने लगा।

इस बेहद तनावपूर्ण समय में, असामाजिक तत्वों ने मौका पाकर अंधाधुन फायदा उठाने, अपना सर घमंडी गर्व से उठाया और विषैली मानसिकता के चलते, नफरती अफवाहें फैलाकर, दंगे कराने की पूरी कोशिश की, इन्हीं अप्रत्याशित घटनाओं द्वारा, झकझोर देने के पश्चात् संक्रमित सामाजिक मानसिकता की संरचना को समझने के लिए, मैंने स्वयं को, एक कमरे में लॉकडाउन कर, अपने अंदर के कवि को तत्काल जगाकर, आत्ममंथन हेतु खुला छोड़ दिया, परिणामस्वरूप आश्चर्यजनक रूप से, महामारी के दौर में ही, जन जागरूकता हेतु, बहुत सारी कविताओं एवं रेखांकनों का सृजन कर आपदा को अवसर बनाया है, यह आत्मज्ञान, एक किताब में आधा, बमुश्किल समा पाया है।

लगातार लॉकडाउन-अनलॉकडाउन की शृंखलाओं द्वारा उपजी, उदासीनता से लापरवाही, टीके के इंतजार में व्यग्र-व्याकुल बेपरवाही भरे त्योहारों के मौसम में, अत्यधिक ढिलाई से पुनः पैर पसारते, कोविड-19 के नवीन-परिपक्व संक्रमण द्वारा, फिर से लॉकडाउन का खतरा सताने लगा है एव कोरोना चक्र की पुनरावृत्ति का असहनीय आभास, धड़कने बढ़ा रहा हैं, ऐसी ही अनगिनत अनुभूतियों का

संकलन, सतत् सहजता से कागज पर करता ही चला जा रहा हूँ, दूसरी किताब, आप अभी पढ़ रहे हो, तीसरी लिख रहा हूँ।

अब कोविड-19, अतिसूक्ष्म से अदृश्य होकर, ज्यादा घातक हुआ है, अन्य असामाजिक विषाणुओं से संधि कर, चुपचाप तबाही मचा रहा है, इन्हीं खतरनाक विषाणुओं में हवस सबसे ज्यादा मायावी है, यह अपना मीठा मायाजाल, आरंभ काल से ही, सामाजिक सोच संक्रमित करते हुए फैलाता हुआ, अनेकों प्रकार के प्रत्यक्ष, अप्रत्यक्ष, रहस्ययी जाल बुन चुका है, जिनकी अदृश्य लीला, समझ पाने की स्थिति में, संक्रमित इंसान चाहकर भी, नहीं पहुँच पा रहा है।

क्योंकि समय, स्थान, स्थितियों के हिसाब से, यह मायावी विषाणु, खुद को कोरोना की भाँति ही, अनुकूलित करने में पारंगत है, इसका संक्रमण भी, तीव्र महामारी है, जिसका टीका भी, उपलब्ध नहीं है, इसको दबाया तो जा सकता है पर मिटा पाना, अभी तो नामुमकिन-सा है,

यह भी, अराजकता में बलवती होकर उभरता है, असामाजिक तत्वों में खुद को पालता-पोषता, निपुणता से भेष बदलते हुए, सामाजिक तंत्र में सेंध लगाकर, अपराध को बढ़ावा देकर, स्वयं का एक समानांतर, विस्तृत तंत्र विकसित कर चुका है, जिसकी काट खोजने का पूरा प्रयास इस किताब में गंभीरता से किया गया है।

ऐसे सभी विषाणुओं से सर्तक, सावधान रहने के लिए जरूरी जानकारियों द्वारा, सामाजिक जागरूकता तुरन्त आवश्यक है, इसी अनिवार्य लक्ष्य की प्राप्ति हेतु, मैंने पहली किताब "कोरोना से आत्मज्ञान'' कोरोना युद्ध में, जन-जागरूकता जागृत करने एवं ऐसे अन्य विषाणुओं के परिचय हेतु लिखी और अब, "संतुष्टि-कोरोना से आत्मज्ञान-2" में इन गुप्त, रहस्मयी, मायावी, विषाणुओं का कोविड-19 के साथ तुलनात्मक विश्लेषण प्रस्तुत कर, काव्यात्मक

कहानियों एवं प्रभावशाली रेखांकनों द्वारा, उदाहरण सहित प्राप्त प्रमाणित जानकारियों को साझा किया है।

मेरी किताबों में आपको, कविताओं का रेखांकनों के साथ, आर्कषण प्रस्तुतीकरण, सामाजिक जागृति द्वारा सभी लोगों को जागरूक, सुरक्षित, सुखी बनाने के लिए समर्पित एवं आत्ममंथन कराते हुए, आत्मज्ञान कराने की कोशिश करते हुए सक्रिय दिखेगा।

सकारात्मक सोच एवं लगनशील प्रयासों द्वारा, कोरोना युद्ध सहित, ऐसे अनगिनत मायाजालों से सफलतापूर्वक, सुरक्षित निकलकर, शांतिपूर्ण सुख की स्थिर स्थापना ही, मेरा एकमात्र मकसद है और मेरी किताबें इसी रास्ते को तराशते हुए, स्वतंत्र नदी-सी, पूर्णतः उत्साह से बहती है और जड़ सिद्धांतों का खण्डन करते हुए, नई निष्पक्ष विचारधाराओं की उपज हेतु, उर्वरक जमीन तैयार करती है।

आशा है, समाज मेरी इन भावनात्मक अभिव्यक्तियों में निहित, महत्त्वपूर्ण जानकारियों को, स्वयं के अनुभवों में महसूस कर, भड़भड़ाना छोड़कर, अपने अन्दर छुपे हवशी माया के बीज की सटीक पहचान कर वहीं जड़ से मिटाकर, स्थिर समाधान स्थापित करेगा एवं इस सामाजिक आत्मज्ञान द्वारा परम् सत्य से साक्षात्कार कर, परमानंद की अनुभूति कर पायेगा।

इसी शुभकामना के साथ सामाजिक संतुष्टि हेतु "संतुष्टी-कोरोना से आत्मज्ञान-2" समर्पित करता हूँ।

1. नारी

सुना है, मर्दों को कोरोना, ज्यादा होता है,
औरतों में संक्रमण का खतरा बहुत कम होता है, मर्द घर में छुपा बैठा है, थर्र-थर्र काँपता हुआ,
औरत के हाथों में घर का ठेका है, मर्द मार्केट से लापता हुआ,
औरत बाजार जाती है, सामान लाती है,
साफ-सफाई कर, खाना बनाती, खिलाती है,
मर्द मूक दर्शक है,
यही, सही सबक है।

मर्द की मर्दानगी ही, कोरोना की चपेट में है,
जो कमजोर है, नामर्द है, कोविड की लपेट में है टेस्टोस्टेरोन की कमी का मारा, मर्द बेचारा है बचपन की गंदी आदतों ने, जवानी में बीमार कर मारा है।

अब पता चला, कौन असल में कमजोर है,
वार करने में नहीं, वार सहने में मर्द कमजोर है,
औरत जैसी सहनशीलता कहाँ से लाओगे?
कोरोना से लड़ने हेतु, रोग प्रतिरोधकता कैसे बढ़ाओंगे?

अभी भी मौका है, घर की औरत बनो, घर में रहो,
औरत को मौका दो, बाह़र जाने दो, औरत के पीछे रहो,
मौका मिले तो, औरत कुछ भी कर सकती है,
परीक्षा में अव्वल आने से लेकर, बिजनेस भी कर सकती है,
कई उम्दा उदाहरण हैं, औरतों की लाजवाब कामयाबी के,
कुछ अचंभित कर देते हैं, कुछ लगते हैं, मायावी से।

औरत की अंदरुनी शक्ति लाजवाब है,
स्थिति संभालने में, नारी शक्ति बेहिसाब है,
सदियों से दबी कुचली, पर अभी भी जिंदा है,
आज नतमस्तक, दोषी समाज, पूर्णतः शर्मिन्दा है,
हमेशा बुरे वक्त में, नारी शक्ति ने जान बचाई है,
विषैले विषाणुओं को झेलते हुए, नारी उभर आई है,
नारी शक्ति ने, कोरोना युद्ध में तबाही से, दुनिया बचाई है,
कोविड की शामत, काल बनकर काली बाहर आई हैं।

नमन करो नारी को, नारी ने एक बार फिर, दुनिया सजाई है,
औरत ने घर संभालकर, प्रागैतिहासिक काल की याद दिलाई है।

तब महिला प्रधान परिवार थे, माँ को पूजा जाता था,
परिवार की सुरक्षा करती थी माता, मर्द सर झुकाता था,
आज फिर से महिला ने कमान संभाली है,
कोरोना की खैर नहीं, युद्ध में उतरी, साक्षात् काली है।

2. कोरोना टेस्ट

एड्स

एड्स की जाँच कराने में, अच्छों-अच्छों की हवा निकलती थी,
किसी को अपने कुकर्मों की याद आती थी,
कोई दूसरों की गलती की सजा पाता था,
तो कोई डरकर, नाई से ब्लेड बदलवाता था,
अब तो, सभी नाई नया ब्लेड उपयोग करने लगे हैं,
आम आदमी भी, उपयोग किया ब्लेड शीधे कचरा पात्र में फेंकने लगे हैं।

अगर, जाँच पॉजीटिव आई तो दुनिया दोषी ठहराएगी,
सज्जन पुरुष हरामखोर, महिला बदचलन कहलाएगी,
कोई नहीं मानेगा कि एड्स का कारण कुछ और है,
क्योंकि सामाजिक संक्रमित सोच में, अनैतिक संबंधों का जोर है,
एड्स ने देह व्यापार पर भी, कड़ा प्रहार किया,
ट्रक ड्राईवरों को, छिछोरे अकेलेपन ने शिकार किया।

शोषित औरतों ने भी, एड्स को बदले का हथियार बनाया था,
गिन-गिन कर, गाँव के गाँव, मोहल्लों को शिकार बनाया था,
समाज में फैली अनैतिकता ने, एड्स का खूब-प्रसार कराया था,
पढ़े-लिखे गवारों ने, एड्स का कोरोना-सा खौफ फैलाया था?
पर कुछ मौका परस्तों ने, तब भी खौफ के सहारे पैसा कमाया था,
तो कुछ ने HIV पॉजिटिव होकर, मान-मर्यादा पैसा, जीवन, सबकुछ गवाया था।

HIV पॉजिटिव के साथ, समाज का व्यवहार भयानक था,
डर इतना था कि छूना मौत समान था, छुआछूत का नाटक था,
बीमारों को अकेलेपन, हताशा का भी शिकार होना पड़ा था,
समाज की गालियों, छींटाकशी, व्यंग्य-आरोपों को झेलना पड़ा था,
कुछ बीमारों ने आत्महत्या की कोशिश की, कुछ घुट-घुट मर गए थे,
कुछ को घरवालों से ही, इतनी बद्दुआ मिली की कीड़े पड़ गए थे,
जो व्यभिचारी थे, उनको सजा मिलनी ही चाहिए थी,
अनैतिक संबंधों, देह व्यापार, नारी शोषण पर लगाम लगनी ही
चाहिए थी।

पर कुछ बेचारे तो, इन्फेक्टेड इंजेक्शन की बली चढ़ गए थे,
कुछ को तो अस्पतालों में ही, संक्रमित खून तक चढ़ गए थे,
कुछ बेचारे बिना गलती के ही, बेमौत मर गए थे,
तो कुछ अपनों की ही नजरों में गिरकर फाँसी चढ़ गए थे।

पर आज शांति है, कण्डोम से आई क्राँति है,
अनैतिकता फिर से फल-फूल रही है, न कोई मन में भ्राँति है,
समाज ने कण्डोम को जमकर अपनाया है,

फिर भी, सैक्स पर कोई बात नहीं करता, पर मन में कब्जा है,
इसी चुपचाप शैतानियत से, समाज में अपराध उपजा है,
काश! सैक्स एजुकेशन, घर-घर पहुँच जाती,
माँ, बेटी को, बाप, बेटे को समझाता,
परिवार अनुभवों से सीखे हुए ज्ञान को, गर्व से बच्चों तक पहुँचाता,
तो इतनी अनैतिकता नहीं होती।

मात्र, बात करने की ही तो बात है,
अपने बच्चों को खुलकर सब समझाने की ही तो बात है,
शादी तो सब धूमधाम से कराते हैं, शादी समझाने की बात है,
अब हिचकने की नहीं, अनुभवों को बाँटने की बात है,
क्योंकि, आज एड्स भले ही नहीं है, पर वैवाहिक सुख भी नहीं है,

अल्ट्रासाउण्ड

मर्द, औरत तो चाहता है,
पर, बेटी नहीं चाहता है,
पहले तो, गर्भ में ही मार देने की प्रथा थी,
फिर अल्ट्रासाउण्ड द्वारा, जाँच-पड़ताल की कुप्रथा थी।
आधुनिक हथियारों द्वारा, अबॉर्शन करा दिया जाता था,
पहले भी कन्या होने पर, नवजात को मार दिया जाता था,
किसी को दूध में डूबोकर, किसी को रास्तों पर, जिन्दा छोड़ दिया जाता था।

पर, रंडीखानों में मादा बच्चों की अच्छी कीमत थी,
घर में पीड़ित औरत, चकलों में रानी, यही हकीकत थी,
दहेज की प्रताड़ना, विवाह की चिंता, बच्चियों की मौत का कारण था,
शादी-विवाह का खर्चा बहुत था, बेटी के बाप की संपत्ति का हरण था,
इन सब कुप्रथाओं ने मिलकर, बच्चियों का सफाया किया था,
लड़कियों का अकाल न पड़ जाये, इस डर से नियमों को सख्त किया था।

आखिरकार, औरत सबकी जरूरत है,
औरत की माँग, आदमी की फितरत है,
पर, औरत को सम्मान फिर भी मिल न पाया,
दुखी औरतों के कारण, समाज भी सुख न पा पाया,
खुश रहना है तो, औरत को घर की रानी बनाना होगा,
जितना पैसा बाहर लुटाया, उतना घरवाली द्वारा बचाना होगा,
घरवाली को, बाहर वाली से ज्यादा खास, बनाना होगा,
तुरन्त बाहर भागते मन को, अपना गुलाम बनाना होगा।

मन चंगा तो, कटौती में गंगा,
व्यभिचार करेगा, तो होगा नंगा,
असलियत खुलेगी, तो होगा दंगा,
लुटपिट कर, हो जायेगा भिखमंगा,
बहुत बिगड़ लिया, अब सुधरने की बारी है,
संयमित जीवन हेतु, सात्विक आहार अपनाना होगा,
नारी को उसका हक, प्रेमपूर्वक सम्मान लौटाना होगा।

कोरोना

कोरोना जाँच में भी, खौफ का यही हाल है,
पर कोरोना पॉजिटिव, असहाय, ढुकरा-ढुक्कइयों का हाल, बेहाल है,
वह तो पहले से ही, बहिष्कृत-से थे,
बच्चों को, फूँटी आँख भी नहीं सुहाते थे,
कारण, उनके पाप भी थे, जो बच्चों पर कानून ठोंके थे,
रूढ़ीवादी और तानाशाही आदतों के चलते, बच्चों पर फालतू भौंके थे,
यही कड़वी यादें, बच्चों के मन से प्यार मिटा गई,

रही सही कसर मिटाने, विवाह की सौदेबाजी, जीवन खा गई,
पर कुछ निर्दोष माता-पिता भी, बच्चों से पीड़ित है,
कुछ पुरानी सुखी यादों के सहारे ही बस जीवित है।

पर कोरोना कहर ने, ऐसा आतंक मचाया है,
चुन-चनुकर कमजोर, असहाय बुजुर्गों को शिकार बनाया है,
अपनों के हिंसक, चित्कारी, धिक्कारी व्यवहार ने दिल दहलाया है,
कोरोना, बुजुर्गों के लिए निर्मम, बहिष्कारी आंदोलन लाया है।

पहले कमजोरों को, कोरोना जकड़ता है,
ऊपर से बुजुर्गों को, बेदर्द परिवार, दूर झटकता है,
डाल दिया जाता है, देश निकाला देकर, एक कोने में,
बेशर्म बच्चे, यूँ नजरें फेरते हैं कि शर्म आती है, और जीने में।

बुजुर्गों के आँसू पौंछने वाला, कोई नजर नहीं आता है,
अगर परिवार इलाज कराता है, पर प्यार भरा मरहम नहीं लगता है,
आखिरकार, पति-पत्नी का आपसी साथ ही काम आता है,
दो दुखी बुजुर्ग, सारी आपसी लड़ाई भुलाकर, असल पति-पत्नी बन ही जाते हैं।

काश! यही प्यार, जवानी में भी जाग पाता,
तो खून ठंडाने के बाद, सारी जिन्दगी न पछताता,
बुढ़ापे तक मात्र पति-पत्नी का ही रिश्ता जिन्दा रह पाता है,
बाकी सारा परिवार, धीरे-धीरे दूर होता चला जाता है,

अंत समय में जिसके पास, हमसफर का कंधा नहीं होता रोने को,
उससे बदकिस्मत कोई नहीं, वजूद ही नहीं होता उनका, उपस्थित होने को।

'कोरोना की जाँच', एड्स, अल्ट्रासाउण्ड से खतरनाक है,
संक्रमित, असक्रमित, सभी बुजुर्ग, परिवार के लिए जैसे खतरा है,
आज के आधुनिक जमाने में, बुजुर्गों को कौन पूछता है?
ऊपर से, कोरोना पॉजिटिव हो तो हर कोई खुलकर कोसता है।

समाज में, यही बुराई खुलकर उभरकर आई है,
अंत समय में बढ़ी, प्रताड़ित करती तन्हाई है,
अकेलेपन द्वारा जनित, गुप्त बीमारी शामत लाई है,
हताश, ढीली नसों में कोरोना ने मस्त जगह पाई है।

पर, हर कुत्ते का दिन आता है,
जो आज मस्ताता है, बाद में पछताता है,
धीरे-धीरे हर एक जवान, बुढ़ा हो ही जाता है,

पर, फिर भी बुजुर्गो से, ऐसा व्यवहार पूर्णतः गलत है,
मानवता का नामोनिशान मिट जाएगा, ऐसा चलता रहा तो, ये मेरा मत है।
आज मानव को हरामखोरी, एहसान-फरामोशी की लत है,
ऊपर से सदाचारी के मन में भी छुपा भ्रष्टाचार, छल-कपट है,
यह सब छोड़, मानव को क्षमा कर, क्षमा माँगकर, इंसान बन जाना ही होगा,

बुजुर्गों को बच्चों की तरह, इंसानियत को खजाने की तरह, संभालना ही होगा,
महिलाओं को घर का मालिक बनाना ही होगा,
महिलाओं को भी घर को स्वर्ग बनाना ही होगा।

जब जिन्दा रहते, घर ही स्वर्ग बन जायेगा, तब मरने के बाद की आशा नहीं लगाएगा,
जब इसी जन्म में, सुख-शांति, संतोष पायेगा तो, अगले जन्म, पिछले जन्म का गाना, नहीं गायेगा।
जीवन संर्घष को हँसकर जीतना होगा,
हार को भी स्वीकार करना होगा,
जीत को पचाकर, आगे ही बढ़ते रहना होगा,
यह खेल आखिरी साँस तक, खेलते रहना होगा।

मरने के बाद क्या होगा, क्या पता, एक रहस्य है?
पर, मरने तक का खेल है, खेलना पड़ेगा, यह तय है,
मौत के साथ ही, खेल खत्म हो जायेगा,
जीता था या हारा था, यह बेमतलब हो जायेगा,
सारे राज मौत के साथ ही दफन हो जायेंगे,
पर फिर भी लोग, अंदाजे लगायेंगे, बाते बनायेंगे,
कोरोना टेस्ट तो, कुछ भी नहीं,
सारी जिन्दगी ही डे-नाइट टेस्ट है, जिससे कोई भी भाग सकता नहीं।

3. बंद हनीमून

रेखा हनीमून पर गई थी,
ठिठरती ठंड में, गर्म जवानी, ऊछाँल मार रही थी,
बर्फ के गोलों से, बमबारी हो रही थी,
पहाड़ों से, तेजी से फड़फडाती, फिसल रही थी,
रेखा ने कुल्लु-मनाली-शिमला में, उल्ला-उल्लाकर, मस्ती की,
स्पीति वैली, नुब्रा वैली, रोहतांग, खर्दुंग ला, पार की,
पेन्गोंग किनारे, शामें बितायी,
तंबू में जमकर, खटिया हिलायी,
जमकर, मौजें उड़ाई,
पति के, छक्के छुड़ाई।

आज भी खुश हो जाती है, जब-जब बताती है,
कुछ राज की बातें, कुरेदने पर भी छुपा जाती है,
कुछ लम्हों को बताते हुए शर्मा जाती है,
कुछ कीर्तिमान, गर्व के साथ हक से बताती है।

पर मेरी किस्मत में बर्फीले पहाड़ों की सैर कहाँ?
मैं, लॉकडाउन में कैद हूँ, शादी तो धूमधाम से हुई, पर हनीमून कहाँ?
कमरे में ही, ठुहाई-पिटाई है,
हिलती चारपाई, चद्दरों की घिसाई है।

पर एक दिन, मेरा पति, तेल की केन ले आया,
चारपाई, बाकी सब सामान, छत पर रख आया,
तेल को उड़ेलकर, फर्श पर फैलाया,

कपड़ों को फुल जोश में, हवा में उड़ाया,
मुझे बाँहों में उठाकर, तेल के तालाब में पटका,
फिर शुरू किया, खेल फिसलन का, धक्का-मुक्की में मारा झटका,
मैं भी मस्त हो गई, बर्फ पर रेखा-सी फिसलने लगी,
दीवारों पर टाँगें मारकर, औंधी तेल में सरपट, उड़ने लगी,
इधर से रॉकेट-सी मैं जाती, उधर से वो उड़ते आते,
बीच में टकराते तो कभी घपाघप, कभी लिपकिस करते जाते,
फिर उसने पंखा हटाकर, ऊपर से रस्सी लटका दी,
जिसके सहारे हमने चक्की चलाकर, दुनिया घुमा दी,
ठंड के मौसम में, मनाली-सा मजा था,
गर्म तेल में गर्मागर्म मेरी जवानी, माल ताजा था,
पहाड़ों-सा सख्त लोंडा, मेरा पति, तेल में चमकता राजा था,
उसके शरीर की खुशबू, मेरे लिए जैसे, नशीला गाँजा था,
जब थककर, चूर-चूर हो गए,
शारीरिक खुजली मिट्टी, दुख दूर हो गए,
तब मैंने पूँछा, ये कैसा सरप्राइज था,
उसने बताया, ये बटर चिकन, मखनी, स्टूराईस था,
मैंने बोला, सच में बहुत नाईस था,
मेरे सपनों की च्वाईस था।

फिर, कुछ दिन बाद मुझे रजनी की याद आई,
रजनी हनीमून पर, गोवा गई थी,
उसकी जवानी नई थी, फट गई थी,
लहरों पर खेली थी,

पानी में पेली थी,
उड़ती तितली-सी लहराई थी,
मस्तानी हवाओं में शर्म उड़ा आई थी,
केंडल लाइट डिनर, जोशीला लाइट विनर,
गोवा से मद्रास, फिर विशाखापट्टनम्,
अंडमान निकोबार, स्कूवा डॉयविंग संग सनम,
समुद्री नमकीन पानी में, पानी-पानी हो आई थी,
छोटे-छोटे कपड़ों में, विदेशियों-सी, बड़े-बड़े काम कर आई थी।

सोच-सोचकर मेरा मन दुखी होने लगा,
पति को अब, सब समझ आने लगा,
उसने गेट बंद कर, दीवार बनाई थी,
बाथरूम का नल तोड़कर, कमरे की टंकी बनाई थी,
कमर तक पानी भरकर, समुद्री सैर कराई थी,
लाकडॉउन का फायदा उठाया, कोई पूछने वाला नहीं था,
तेल में तैरता, पानी में गोते खाता, मस्त कमरा, कैदखाना नहीं था,
बंद कमरे मे मैं, अन्दर से पूरी खुल गई थी,
पूरी दुनिया घूम ली हो जैसे, हनीमून भूल गई थी।

पर फिर, कुछ दिन बाद, रजिया की याद आई थी,
रजिया, हनीमून तो नहीं गई पर, घर में ही खूब धूम मचाई थी,
उसका पति, बड़े बाप की औलाद है,
उसका घर ही अपने आप में फरीदाबाद है।
सैपरेट, छोड़ रखा था बड़ा घर, खेलने-कूदने का,
गाँव के आस-पास जंगल में, झरने थे खूब भीगने को।

बरसात में, उसके घर में ही झरने बन जाते थे,
जब चारों तरफ की अटारियों से, पानी बहकर आंगन में समाते थे,
गाँव की, जनसंख्या कम थी,
जगह, दर्गुम थी,
कोई देखने वाला नहीं था,
मस्तानी को टोकने वाला नहीं था,
जब मर्जी गोते लगाती थी,
झरनों में नहाती थी,
नाचती-गाती थी,
खुलकर मजा पाती थी,
उसके-किस्से चुभने लगे थे,
नए अरमाँ जगने लगे थे।

तब, पति ने छत पर, दीवारें बना डाली,
छत नहीं डलवाई, पाईप लाईन बिछा डाली,
दीवारों में डीजे चुन दिए,
रंगीन चित्र बुन दिए,
ऐसा माहौल बनाया परमानेन्ट, कि मैं फिदा हो गई,
फव्वारे, झरने-बहने लगे, डीजे में ऐसी खोई की, गुमशुदा हो गई,
म्यूजिक की लय में, सुर मिलाकर मटकने लगी,
बेस इतना बढ़ाया की, साँसे उछलने लगी,

ऊपर छत डलवाकर, यादों का ताजमहल बनवाया,
हँसी-खुशी, जोश-जोश में, जवानी मस्त कट गई,

दुख नहीं होता, जब सहेलियाँ टोंट कसती है, अरे! हनीमून नहीं गई है,
सच बताया कर्मजलियों को, तो उनकी आँखे फट गई, गर्दन लटक गई,
कम पैसों में इतना मजा पाया, तो क्या हुआ बाहर घूमने नहीं गई?

लॉकडाउन का सम्मान किया,
संक्रमण का काम तमाम किया,
कोरोना युद्ध भी जीता, गुप्त सुख भी जीता,
अब और क्या बताऊ, लंबी कहानी है,
रेखा, रजनी, रजिया को छोड़ो मेरी सुनो, मेरा नाम है, रीता,
सारी सहेलियाँ, तुरन्त भाग खड़ी हुई, घर जाकर सबने, पति को पीटा।

4. लॉकडाउन में शादी

धनीराम, नाम का ही धनी था,
उसके पास न गाड़ी थी, न बंगला, न ही मनी था,
पर, उसकी बेटी जवान हो रही थी,
शादी की उम्र हो रही थी,
धनीराम को, दहेज का खटका था,
ऊपर से लॉकडाउन ने तगड़ा दिया झटका था।

धनीराम के होश उड़ गए थे,
उसके धधों के, मखाने फिक गए थे,
वह आत्महत्या का मन बना चुका था,
पर, बेटी की शादी की जुगाड़ मैं रुका था।

बेटी लक्ष्मी, सच में लक्ष्मी थी,
सुन्दरता कम थी, शिक्षा की भी कमी थी,
पर, सामाजिक ज्ञान पूरा था,
रंग से ज्यादा, चरित्र भूरा था,
नाक-नक्श, मोर की तरह नुकीले थे,
मेहनत से शरीर के अंग-प्रत्यंग गठीले थे,
रूई की पुड़िया नहीं थी, तीखी छुरी थी,
सरपट काम करने वाली, गाँव की मजबूत छोरी थी।

पर फिर भी, लड़के वाले समझ नहीं पाए उसे,
टूटा-फूटा घर देखा, नंगा-रोता बाप देखा, किसी ने, न देखा उसे,
ऊपर से, आस-पड़ोस ने बात बिगाड़ी थी,

रिश्तेदारों ने भी, न जाने कब के, बदले पटाने, कसर निकाली थी,
गरीब की लुगाई, सबकी भौजाई थी,
नालायक, लक्ष्मी हड़पना चाहते थे, इसलिए आग लगाई थी,
एक तो गरीबी, ऊपर से जग हँसाई थी।

धनीराम टूट चुका था,
हिम्मत हार चुका था,
एक दिन का जनता कर्फ्यू, साल निगलने को उतारू था,
खोदा पहाड़, निकली चुहिया
न जाने कितनों का दम घुट चुका था बंद हवाओं में,
कई तो निश्चिंत हो सो चुके थे, तड़प-तड़पकर मौत की पनाहों में।

तब, लक्ष्मी ने खुद कमान संभाली,
तुरन्त शादी की पूरी रूप रेखा बना डाली,
धनीराम के पास, 50 हजार की जुगाड़ थी,
सेकेंड हेंड मोबाईल, 4जी नेट,
फेसियल किट, फैशनेबल ड्रेस, आर्टीफीशियल ज्वैलरी सैट,
घर पर ही, ऑनलाईन सामान मँगाया था,
घर पर ही, ब्यूटी पार्लर, बनाया था,
खुद भी कुछ ड्रेसेस बनाईं थी,
कुछ आर्टिफिशियल ज्वैलरी खुद भी बनाईं थी,
पत्थर के झुमके, प्राकृतिक हार, गजरा-फूलों का श्रृंगार,
टाईमर लगा-लगाकर, फोटोग्राफी की और एलबम तैयार,
मैट्रिमोनी साईट पर, अपलोड किया,
ऑनलाईन, इंग्लिश स्पीकिंग कोर्स किया,

आखिरकार, मेहनत रंग लाई थी,
रिश्तें तो बहुत आए, पर लक्ष्मी ने सच बताकर, बात बनाई थी,
हम दहेज का, समर्थन नहीं करते,
गाँव में दस तक स्कूल था, आगे कैसे-कहाँ पढ़ते?
पर, समझदार हूँ, अंग्रेजी बोलनी आती है,
घर संभाल सकती हूँ, परवरिश देहाती, संस्कारी है।

सुर मिले तो, रिश्ता पक्का हो गया,
ज्यादा दूर का नहीं, पास शहर का ही हो गया,
सिर्फ 15 लोगों की लिस्ट बनाई,
बाकी नकचढ़ों को, कोरोना गोली खिलाई,
लॉकडाउन का पालन करते हुए शादी की,
20 हजार के खर्चे में ही, शाही सफल शादी की,
पैकिटों में, उम्दा दावत बाँटी, खुशियाँ जमकर मनाई थी,
लॉकडाउन में बर्बादी रहित शादी, धनीराम की जान में जान ले आई थी।

लक्ष्मी, सच में लक्ष्मी थी,
पति के सुख में, न कोई कमी थी,
दोनों पति-पत्नी सुख से, शहर में रहते थे,
लक्ष्मी घर संभालती तो, घरवाले निश्चिंत रहते थे,
12वीं की, बी.कॉम किया, कुटीर उद्योग भी चलाने लगी,
कारीगर तो थी ही, मौके भी मिलने लगे,
उसके बनायें कपड़ें विदेशों तक में बिकने लगे,
आत्मनिर्भर भारत अभियान का वो, सक्रिय हिस्सा थी,
लक्ष्मी, सिर्फ एक आम महिला नहीं, सफलता का पूरा, किस्सा थीं।

पति को भी गर्व था, उस पर,
धनीराम तो घूमता था, कॉलर ऊपर कर,
रिश्तेदारों के मुँह पर ताले थे,
हर तरफ लक्ष्मी के हुनर की कद्र करने वाले थे।
शादी ही अंत नहीं है, लड़की की उड़ानों का,
असल में, शादी तो शुरुआत है, साथी संग कदम बढ़ाने का,
लक्ष्मी को लक्ष्मीपति मिला, न मिलता, तब भी, रुकना नहीं है,
जिनका पति, सही नहीं है, उनको भी हिम्मत हारकर, झुकना नहीं है,
सही समय पर, सही फैसला लक्ष्मी ने लिया, यही बात खास है,
सफलता-असफलता, मायने नहीं रखती, ये तो सकारात्मक
आत्मविश्वास है,
आत्मविश्वास से किया प्रयास, अपने आप में एक सुख है,
इसी साहस के कारण, आज लक्ष्मी परिवार सहित बेहद खुश है।

5. कर्फ्यू में प्यार

कई दिनों तक, फ्लैट में टँगे-टँगे पक गया था,
दिन-रात खिड़की से बाहर झाँकता रहता था,
कुछ भी समझ नहीं आ रहा था,
मोबाईल तोड़ कर फेंक दिया था,
एक उदासीनता-सी थी मन में,
कोई उम्मीद, बाकी नहीं थी उजड़े चमन में।
ना गाड़ियों का शोर, न लोग ही नजर आते हैं,
सड़कें खाली, गॉर्डन खाली, सिर्फ बंद दरवाजे नजर आते हैं,
कभी कोई, भूला-भटका, दिख जाता है इंसान,
तो, राम-राम, दुआ-सलाम हो जाती है, हल्का हो जाता है मन।

धीरे-धीरे, महीनों बीत गए,
दोस्त छूट गए, भाई बन्धु छूट गए,
कॉलेज की यादें खाये जाती हैं,
शहर की लड़कियों की याद बहुत आती है,
शालू, किट्टू, जैसमिन, ऐनी, नूर, मुनमुन सताती है,
ऊँचा-लंबा कद, पतली कमर हिलाती है,
बेमतलब, खाली-पीली, ऊ-आ चिल्लाती है,
सपनों में आती है, बहुत तड़पाती है।

फोन काटता था, इसलिए तोड़ दिया,
नींद नहीं आती थी, इसलिए बिस्तर छोड़ दिया,
खिड़की पर चमगादड़-सा टँगा हूँ,
बेकरार नजरों से, गिद्ध-सा, दूर तक देखता हूँ!

कभी भाभी नजर आकर, प्यास बुझाती है, कभी आंटी दिल बहलाती है,
जैसे-तैसे मंनोरंजन कर लेता हूँ, बाबूराव को शांत कर लेता हूँ,
टीवी भी फालतू चीजें दिखाता है, हल्की-हल्की आग लगाकर दिल जलाता है,
बाजार बंद है तो, टीवी भी बंद है,
वैसे भी, क्या आता था उसमें, खासकर न्यूज चैनलस में,
फालतू-बेमतलब, बहस, छींटाकशी, बक-बक चिल्लाते उसमें,
फिल्में भी पूरी दिखी-दिखाई आती हैं, एडवरटाईजमेंट दिखा रही है,
नाटक मैं देखता नहीं, इसलिए अब टीवी भी बंद पड़ा है।

एक दिन, मेरे सामने वाली बिल्डिंग से, बाएं दो बिल्डिंग छोड़कर,
पश्चिम की तरफ, मेरे फ्लैट से, पाँच फ्लैट नीचे जब देखा मुड़कर,
एक बुझी-सी, पर लड़की नजर आई, कुछ पहचानी-सी लगी,
अरे! ये तो रेणुका है शायद सेकेंड एयर वाली, कच्ची कली,
चश्मे वाली, गाँव की गमट्टो टाईप, मोटी-काली, सलवार कमीज वाली,
कोई नहीं पूछता था उसे, लाईन मारना तो छोड़ो, देते थे सब गाली,
पढ़ाकू टाईप थी, पर आज कातिल लग रही है,
बाल जो सुखा रही है नहाने के बाद, बंगाली जादू चला रही है,
भारी चश्मा भी नहीं है,
कमर का फोल्ड दिखा रही है,
हो सकता है, महीनों की भूख, अतिश्योक्ति कर रही है,
पर, माँ कसम, रेणुका, रम्भा-सी सुन्दर लग रही है,
मैं सारे लिहाज भूलकर, लार लपकाते कुत्ते-सा भौंका,
अनियंत्रित होकर चिल्ला बैठा, रेणुका... रेणुका, रेणुका।

उसने देखा और तुरन्त पहचान लिया, चाट लिया मैंने उसका मुँह,
पहचानती कैसे नहीं, चॉकलेटी बॉय जो हूँ, कॉलेज में फेमस हूँ,
एक मुस्की दी और हाय किया, कातिल नजरों ने दिल में खूँटा गाड़ दिया,
दिल को कब्जाने, ब्लैक ब्यूटी ने, छाती को चीड़-फाड़ दिया,
फिर चली गई एकदम पलटकर, बालों को झटक कर, मटक-मटक कर,
हाय! कहर ठा गई, मैं देखता ही रह गया, लार पौंछकर, थूक गटक कर,

कुछ दिनों ऐसे ही हाय हूँ होती रही, मेरी धुकपुक-धुकपुक होती रही,
मैंने फोन बटोरा फड़फड़ाते हुए, जोड़ा, धड़कने आउट आफ कंट्रोल होती रही,
जैसे-तैसे चालू किया, दोस्तों का टटोला, नम्बर निकाला कॉल किया,
लेकिन बात, हाय हूँ तक ही सिमट गई, आगे ही नही बढ़ी, बहुत ट्राई किया,
कुछ दिन मैंने भी सब्र किया, क्योंकि यह आखिरी उम्मीद थी,
एक मात्र सहारा था, अंधेरे में रोशनी थी, थकी आँखों की प्यारी-सी नींद थी,
बंदी को किसी भी कीमत पर, गुस्सा नहीं कर सकता था, जान हल्क में थी,
क्योंकि आस-पास की पाँचों बिल्डिंग, जिन्दगी साली कन्टेनमेंट जोन में थी।

हर कोई सकते में था, जबरदस्ती की आपसी फूट थी,
दूध-सब्जी, अण्डे-राशन की ही मात्र छूट थी,
वैसे तो सारी चीजों की, होम डिलेवरी की व्यवस्था थी,

लोगों की जेल के कैदियों से भी बुरी हताश अवस्था थी,
बाहर पुलिस का सख्त पहरा था,
कोरोना का डर बहुत गहरा था।
किस्मत अच्छी थी कि रेणुका अब, बालकनी में ही पढ़ने लगी,
मैंने भी बालकनी में ही, अपना आशियाना बनाया, नजरें लड़ने लगी,
दिन में रेणुका को, रात के चाँद-सितारों को, दम से निहारा,
फिर अचानक इशारों में बातें होने लगी, मिलने लगा सहारा,
मैं समझ गया, यह फोन वाली नहीं, क्षणभंगुर नहीं परमानेन्ट है,
वाणी मुक्त अभिव्यक्ति वाली, इशारों वाली, 'मायावी नहीं' इनोसेन्ट है।

मुझे भी उसका टेस्ट पसंद आया,
सुनने से बेहतर देखना आनंद लाया,
इशारे करते वक्त वह कई प्रकार के मुँह बनाती,
कभी कमसिन कमर हिलाती, तरंगी हाथ-पैर चलाती,
कभी उड़ती हुई तितली नजर आती,
कभी सर मटकाती, मोरनी-सी नाच जाती,
उसके मूक अभिनय में भव्य आकर्षण था,
उसकी अदायें जैसे संगीतमय स्लोमोशन था,
देखते-देखते महीना यूँ कट गया,
खुशियाँ इतनी मिली की आँचल फट गया,
बात बढ़ते-बढ़ते, गुड मॉर्निंग, गुड नाईट, से होते हुए,
फ्लाईंग किस से मिस यू तक पहुँची, प्यार के बीज बोते हुए,
अब, लॉकडाउन में भी मजा आने लगा,
आत्मविश्वास बढ़ा तो, मन आशा लगाने लगा,

पहले फ्लैट काटता था, अब पुचकारने लगा,
अब बॉलकनी में ही सारा जग समाने लगा,
आई.लव.यू. तक आते-आते, लॉकडाउन भी खुल गया,
समय सारे घाव भर देता है, प्रमाण सहित ज्ञान मिल गया,
हर मुसीबत से निकलने का रास्ता जरूर होता है,
और सफर आसान हो जाता है, जब कोई अपना साथ होता है,
धीरे-धीरे देखो कैसे, सब कुछ ठीक हो गया,
हारा हुआ मन फिर से जीने को आतुर, हो गया,
शालू, किट्टू, जैसमिन, ऐमी, नूर, मुनमुन, जैसा सब फितूर हो गया,
लॉकडाउन में सारी लत छूट गई, चमक छूटी तो चमत्कार हो गया,
सारी बुराईयाँ खुद-ब-खुद, मुझे अकेला छोड़कर भागी, तो इलाज हो गया,
मन संतुष्टि से पूर्ण हो गया तो, रेणुका से मेरा विवाह हो गया।

मुसीबत के वक्त जो काम आए, वही तो सच्चा दोस्त है,
हर स्थिति में खुश रहना ही, जिन्दगी ऑलमोस्ट है,
मैंने, अपने सबसे खास मित्र को हमसफर बनाया,
इसे कहते है, किस्मत कनेक्शन, संयोग से रेणुका को पाया,
रेणुका ने भी मुझे पाया और मन से अपनाया,
उसकी कहानी अलग है, पर दर्द एक था, एक ही इलाज पाया,
उसका, मेरा, हम सबका हाल एक-सा ही था, विनाशक था,
लॉकडाउन का अकेलापन, इंसानियत के लिए बड़ा भयानक था,
याद आ जाता है तो कांप जाता हूँ।
शुक्र है जिन्दा हूँ, अपनी खैर मनाता हूँ।
पर, अच्छा ही हुआ रॉकी से राकेश हो गया,

बैक-पर-बैक लगती थी, आखिरकार पास हो गया,
आज ईमानदारी से कमाता हूँ, जिम्मेदारी से घर चलाता हूँ।

लॉकडाउन से जिन्दा निकला तो, फ्लैट में सारे ऐब छोड़ आया,
सिगरेट के पैक पैकेट, दारू की भरी बोतलें छोड़ आया, टूटा फोन तोड़ आया,
खुशकिस्ती से जिन्दगी में ऐसा मोड आया,
अन्दर रॉकी कैद था, विपत्ति में ज्ञान पाया,
बाहर राकेश आया, कोरोना से आत्मज्ञान पाया।

6. शादी से संतुष्टि

लॉकडाउन में तो, पति-पत्नी में प्यार बढ़ना था,
खाली समय था, तो बात करना था,
आना-जाना बंद था, बंद था, तो दरवाजा बंद करना था,
बहुत समय दिया था सरकार ने, तो प्रेमपूर्वक घर में मंगल करना था।

परन्तु आखिर क्यों, लॉकडाउन में बढ़ें-झगड़ें?
क्यों पति-पत्नी एकांत पाकर भी चिल्ला पड़ें?
क्यों अन्दर काटने लगें एक-दूसरे को, जो बाहर आकर लड़ें?
अच्छा-खासा मौका गँवाकर, क्वालिटी टाईम की झक मार कर,
पगलाकर भिड़े?

दरअसल यह पुरानी लड़ाई है,
ऐतिहासिक खाई है, समाज ने खुदवाई है,
कुछ तो कड़वी यादों ने दम घोंटा है,
कुछ ख्याली पुलाव की जगह मिली खिचड़ी ने, चौंटा है।

साथ में कैसे रहते, साथ रहना ही तो जंजाल है,
कैसी मिलाई थी पंडित ने कुण्डलियाँ, जो घर में भूचाल है,
सबने अच्छे-अच्छे आशीर्वाद दिए थे, फिर भी बुरा हाल है,
विश्वास का तो जैसे, दम ही घुँट गया, मात्र जाँच-पड़ताल है,
इनकी माँगें, कौन पूरी कर पाएगा? जब बात-बात पर हड़ताल है,
सीधे मुँह कोई भी बात करता नहीं, सबकी उल्टी चाल है।

अब तो शांति भंग हो गई, मारपीट का माहौल है,
बात काँटों भरी है, मुँह फुलाएँ बैठी, भरी पिस्तौल है,

घर की चिल्ला-चौंट से, मोहल्ले भर में हडकंप है,
छोटे-मोटे झटके नहीं है, घर तोड़ता भारी-भरकम भूकंप है।

शादी के बाद, इस मारामारी का क्या कारण है?
घर की बर्बादी करता, यह किसका अतिक्रमण है?
क्यों, घुँट-घुँटकर दम तोड़ती है, हँसती-खेलती शदियाँ?
क्यों, जयमालाएँ बन जाती है, दम घोंटती, जकड़ती बेड़िया?

क्या सच छुपाया जा रहा है, यही समझने की बात है?
समाज सभ्यता की चादर ओढ़ें, छुपाता असली औकात है,
इन्हीं चक्करों में फँसकर जैसे-तैसे, अधेड़ उम्र तक शादी हो पाती है,
कुछ घिसिट-घिसिट कर चलती है, कुछ वर्षगाँठ भी नहीं मना पाती है,
कुछ लड़ते-झगड़ते, दुनियाभर के मनोरंजन हेतु, तमाशा बन जाती है,
कुछ मौनी घुँटन भरे, दिन-रात कटते नहीं, जिन्दगी उम्र कैद बन
जाती है।

यह सारा किस्सा कच्ची नींव, खराब जमीन पर, गलत शुरुआत का है,
जबरदस्ती के रिश्तों, बलात्कारी सुहागरात, बेमौसम बरसात का है,
रिश्तेदारों-बरातियों के लिए मजा, दुल्हा-दुल्हन के लिए सजा,
सामाजिक मुद्दा है,
रिश्तों का व्यापार, जबरदस्ती का प्यार, समाज द्वारा खोदा समाज को
ही गिराता खड्डा है।

लड़का नौकरी के चक्कर में चक्कर खाता हुआ, लड़कियों के चक्कर
लगाता है,

प्यार-मोहब्बत की समझ नहीं होती, जिस्मानी भूख मिटाने में, फेल हो जाता है,
या तो हिम्मत हार कर या हिंसात्मक प्रतिक्रिया देकर जेल को जाता है,
ज्यादा अंसतुष्ट भूखा-भेंड़िया, बलात्कार कर जाता है, हवसी कीड़ा आत्मा को खा जाता है,
चमड़ी के नशे में चूर होकर, नेस्तनाबूद हो जाता है,
आंतरिक प्रेम को जागृत नहीं कर पाता, अमृत में डुबकियाँ लगाने से पहले ही डूब जाता है।
वहाँ बाप निठ्लल्ले की शादी नहीं करता, दहेज की जुगाड़ लगाता हुआ, समय गँवाता है।
कुछ लड़की के बाप भी कम नहीं है, इसलिए बेरोजगारों के घर, रिश्ता ही, नहीं आता है,
अच्छे-अच्छे के चक्कर में, सब गोबर हो जाता है, आखिरकार खोजी, घनचक्कर हो जाते हैं,
मायाजाल में फँसकर, नौकरी वाले सैटल लड़का-लड़की भी, ज्यादा होशियारी में धोखा खाकर, फुक्कड़ हो जाते हैं।

इस हवसी माया को, आज तक कोई भी समझ नहीं पाया है,
जो इस लालची तंत्र में फँसा, अंत में सदा ही दुख पाया है,
सुख कुछ खास चीज नहीं, बस मन की संतुष्टि है,
प्रेम सबको तृप्त कर सकता है, इसीलिए प्रेम पर टिकी सारी सृष्टि है।

पर, जवान खून से लेकर, समझदार इंसान भी सिर्फ भैरांता है,
ऊपरी चमक-धमक, पूर्वागृहों में फँसकर, प्रेम के मूल को ही ठुकराता है,

कुछ तो घमंड़ सर चढ़कर बोलता है, सबकुछ हड़पना चाहता है,
कुछ मजबूरी में, अपना आत्मसम्मान खोकर, जग छोड़ना चाहता है,
पर जीवन, हड़पना या छोड़ना नहीं, सिर्फ संतुष्टि में है,
प्रकृति के कण-कण में संतुलन है, ये देखने की शक्ति, सिर्फ प्रेम में है।

पर माया आँखों पर पर्दा डालकर, सामाजिक असंतुलन लाती है,
संभलती स्थितियों को भड़काकर, आग लगाकर रायता फैलाती है,
माया सपने दिखाती है और असल जिन्दगी लूट ले जाती है,
तभी तो, सुन्दर लड़की, सुन्दर राजकुमार के इंतजार में लुटी जाती है,
या फिर हरियाली बिन पानी सूखकर, तापने के लिए फूँकी जाती है,
जिनको ख्याली हीरो की जगह पप्पू मिलते हैं, वह घर तक फूँक जाती है,
अपनी प्यास बुझाने के लिए, दर-दर की ठोकरें खाती रंडी कहलाती है,
सब कुछ गँवाकर भी, संतुष्टि नहीं मिलती तो, अंत में पछताती है।

पछताते तो मर्द भी है, अकेले में रोते-चिल्लाते हैं,
जवानी में उछलने वाले जोशीले, बुढ़ापे में मरवाते हैं,
आखिर कब तक गर्म खून नसों को सख्त रखता, मुरझा जाते हैं,
"काश! कद्र कर लेते, समय पर मिले मौके की", दिन-रात बड़बड़ाते हैं।

दोष बच्चों का नहीं, बच्चों के माँ-बाप का होता है, पर सजा सब पाते हैं,
सफल शादी सौ समस्याओं का एक पक्का समाधान है, पर उसी में गंद फैलाते हैं,

कुछ के बाप दहेज नहीं दे पाते, कुछ के बाप लड़का नहीं खरीद पाते हैं,
कुछ बाप दहेज माँगकर, भिखमंगें हो जाते हैं, कुलक्ष्मी घर लाते हैं,
कुछ बच्चे आकर्षण के चलते, प्रेम विवाह कर लाते हैं, फिर सब पछताते हैं।
कुछ बदकिस्मत, फरेब, जालसाजी, षड्यंत्र में फँसकर नर्क पाते हैं या मारे जाते हैं,
माँ-बाप तो कर्मों की सजा, भुगतते ही है, बच्चें बली का बकरा बनकर कट जाते हैं,
इसी पारिवारिक फूट का फायदा, मौका परस्त राक्षस उठाकर, मजे उड़ाते हैं,
या फिर घरवाले ही, अपने ही बच्चों के दुश्मन बनकर,
ऑनरकिलिंग कराते हैं,
कुछ असंतुष्ट पापी, घर में ही कायरतापूर्वक कुकर्म कर, बच्चों पर कहर ढ़ाते हैं,
यह सब गंद फैलाने, टीवी पर सीरियल, इंटरनेट पर पोर्न
अन्तर्वासना भड़काते हैं
पूरी गलती दिखाने वाले की कैसे मान लें, जब संक्रमित समाज को अनैतिकता में ही मजे आते हैं।
बीमारी को छुपाने से इलाज नहीं होता, उल्टा संक्रमण और फैलता है, जड़ से मिटाना ही होगा,
बच्चों को सही-गलत का फर्क समझाने, माँ-बाप को अब झिझक मिटाकर, सच समझाना ही होगा।

लड़का-लड़की तो नादान होते हैं, सौदेबाजी में माँ-बाप का ही रुतबा चलता है,
इसी घमंड के चलते लड़के का बाप सुनाता, मजबूरी में लड़की का बाप सुनता है,
इसी घमंड में आकर लड़की का बाप नखरे दिखाता हुआ, इतराता हुआ, लड़के चुनता है,
पर इस घमंडी होड़ के चक्कर में, समय कब निकल जाता है, पता ही नहीं चलता है,

समय, अच्छे-अच्छे अहंकारियों को भी बुरी तरह पटकता है,
कुछ पछताकर सुधरते हैं, कुछ अतिअहंकारियों को समाज खटकता है,
ऐसे ही, आत्मघाती अहंकारी, निरंकुश अपराधी हो जाते हैं,
पर समय, समय आने पर, इनको इतना पटकता है कि खो जाते हैं,
पर जब तक, सामाजिक संतुलन की ये कमीने ऐसी की तैसी कर जाते हैं,
और कुछ नये-नये जन्में असंतुष्ट-अहंकारी, इन्हीं से प्रेरणा पाकर भटक जाते हैं,
यह सब, आधी-अधूरी जानकारी, कुतर्क जनित भ्रम, मायावी अफवाहें कराते हैं,
गलती माँ-बाप की ही है, क्योंकि वह बच्चों को पूरी कहानी खुलकर नहीं सुनाते हैं।

परिणामस्वरूप, जिज्ञासु बच्चे, इधर-उधर से अधूरा ज्ञान पाकर, पूरा बवाल मचाते हैं,

यही आधे ज्ञानी, माँ-बाप बनकर, असंतुष्ट जीवन बिताकर, बच्चों पर तानाशाही चलाते हैं।
पालकों को पहले, खुद आत्मज्ञानी बनना होगा, अनुभवों के परीक्षण द्वारा, जरूरी ज्ञान अर्जित करना होगा,
घर से चिल्ला-चोंट, गाली-गलौच मिटाकर, खुशनुमा माहौल बनाने, प्रेम ज्ञान द्वारा शांति को स्थापित करना होगा,
बच्चों को गृहस्थ बनाने से पहले, खुद को संतुष्ट गृहस्थ बनाना होगा,
घर में प्रेम बढ़ाते हुए, सभी गृहस्थों को अपना-अपना फर्ज निभाना होगा,
बच्चों को कुछ भी समझाने से पहले, खुद करके दिखाना होगा।
बच्चों की गृहस्थी बसाने से पहले, अपनी गृहस्थी में प्रेम जगाना होगा।

नहीं तो, यही भ्रमित बुझते 'दिए', किस्मत को दोष देंगे, जबकि खुद के कर्मों के मारे हैं,
खुद ही अपनी जिन्दगी जंजाल कर, असफल शादी बनाकर घर की शांति, गृहस्थी हारे हैं,
बच्चों की शादी में, आखिरी उम्मीद तलाशते, अंधा दांव लगाते जुआरी, सौदेबाज, हत्यारे हैं।
बेचते-खरीदते, बोलियाँ लगाते भुक्कड़ों को अज्ञानवश, 'नाम' ज्यादा प्यारा है, बच्चे कम प्यारे हैं।

अब, तो संभल जाओ, मत इतना भैंराओ,
जोड़ियाँ, ऊपरवाले को मिलाने दो, टाँग मत अड़ाओ,
नहीं तो, खुद तो बिगड़ें हो ही, बच्चे भी बिगड़ जाएंगे,

बच्चे मन के भोले होते हैं, कच्चे घड़े टूटकर भटक जाएंगे,
ज्यादा समय तक भूखा रखोगे तो, उल्टा-सीधा चुराकर खाएंगे,
उल्टी-सीधी हरकतें करोगे तो बच्चे, दोगुनी रफ्तार से अपनाएंगे,
एकांकी हताशा-निराशा में,
गलत संगत में, पड़ गया तो अपराध, संगठित अपराध में पड़ जाएगा।

ऐसे भूखे, असंतुष्ट लड़के-लड़कियाँ, अपनी आग न संभाल पाने के कारण, खुद ही जल जाते हैं,
जब जवानी की आग भड़क जाती है तो अनियंत्रित हो जाती हैं, हिंसक हो जाती हैं, तो हिंसा मचाते हैं,
यही असामाजिक तत्व होकर, अपनी संख्या बढ़ाने हेतु, 'असामाजिकता' फैलाते हैं,
'असामाजिकता' फैलाने हेतु, पोर्न, मनोहर कहानियाँ, अन्तर्वासना का मायवी तंत्र बनाते हैं,
यह 'माया', बेहद आकर्षक लगती है, नादान नौजवानों को, आकर्षित कर फँसाते हैं,

आम जीवन की निंदा कर, हाई-फाई मायावी झाँसा फेंकते हैं,
फेशनेबल स्टैण्डर्ड चमक चमकाकर, ड्रग एडिक्ट बनाते हैं,
विषकन्याओं का, हनी ट्रेप बिछाते हैं,
इन प्रोफेशनल भावना शून्य, मीठी छुरियों से, गृहस्थी में दरार पड़वाते हैं,

यह समाज में अनैतिकता मचाने, हद से गुजरकर, नौजवानों को हद पार करने के लिए बहकाते-फुसलाते हैं,

अपना संक्रमण फैलाने के लिए टीवी, टॉकीज, इंटरनेट, किताबों, पत्रिकाओं, समाचार पत्रों इत्यादि में अनैतिकता दिखाते हैं,
यह, सोशल मीडिया जैसे फेसबुक, इंस्टाग्राम, यू-ट्यूब इत्यादि पर भी जमकर मायावी अनैतिकता अपलोड कर गंद चलाते हैं,
अब तो इनका खेल महामारी बन चुका है, हवशी कोरोना-सा विषाणु, करोड़ों को संक्रमित करता रहता है, ये आराम फरमाते हैं।

इन्होंने वर्षों, आंकड़ों का अध्ययन, विश्लेषण कर, नौजवानों का मन टटोला है,
इनको पता है कहाँ-कहाँ भटकने का मन, जवानों का करता है कहाँ मन पोला है,
यह जानते हैं, कहाँ पारिवारिक तंत्र कमजोर है, कहाँ सामाजिक तंत्र खोखला है,
कमजोर कड़ी को, संक्रमित कर तोड़ने, विषाणु छोड़कर, महामारी का मुँह खोला है।

यह, आज से नही चल रहा, इंसानी इतिहास ही, रक्त रंजित है, समाज तो शुरू से ही संक्रमित है,
सत्ता के लालची और कट्टरपंथियों ने, बलात्कार कर संस्कृतियों को मिटाया, आज सत्ता पर आसित है,
पहले भी बलात्कार होते थे, पर राजा-महाराजाओं, शक्तिशालियों का अय्याशी पर एकाधिकार था,
पर आज, हर कोई अय्याशी करना चाहता है, कर सकता है, करता भी है, वह भी जो, पहले कभी शिकार था।

माया के चक्कर में मत पड़ो, यह नशा लगता अच्छा है, पर बहुत नुकसानदायक एवं पूरा फर्जी है,
'एक घंटे' के चलचित्र में कई टेक है, एडिटिंग है, डायरेक्टर झड़ते चीथड़ें सिलता दर्जी है,
विज्ञापनों में मत पड़ो, गोली-कैप्सूल, तेल, स्प्रे, इन्जेक्शन, स्टेमिना पाउडर उपयोग कर शरीर मत गलाओ,
सामान्य रहो, 'एक्सट्राओर्डीनरी' के चक्कर में पड़कर, जिन्दगियाँ मत गँवाओ,
क्षणिक सुख के चक्कर में, स्थायी महामारी मत पालो, समझदार बनो, नैतिकता अपनाओ।

पर, संतुष्टि पाने के यह गुर कौन सिखायेगा?
समाज को संयमित, पर संतुष्ट कौन बनायेगा?
जाहिर है यह हम सबकी साझी जिम्मेदारी है।
गैर-जिम्मेदारों के कारण, विपत्ति आई भारी है।

सही-गलत के बीच फर्क बहुत कम और अदृश्य है,
सबकी अपनी हदें हैं, पर हमेशा 'नैतिकता' आवश्यक है,
सामाजिक जागरूकता हेतु, 'सैक्स एजुकेशन' जरूरी है,
'अनैतिक महामारी' को मिटाने, यह 'जरूरी जानकारियाँ' बाँटो, तो जीत पूरी है।
नहीं तो भुखमरी के चलते, तड़पते पप्पू भी, भूखे भेड़िये-से भैंरा कर टूट पड़ते हैं,
कच्चे खिलाड़ी, जोश मे होश खोकर, धुँआ फेंककर, ओंधे मुँह गिर जाते हैं,

स्वघोषित परिपक्व खिलाड़ी, अंधाधुन अभ्यास के चलते खेल शुरू होते ही, झटका खाकर फुँक जाते हैं,
अज्ञानतावश भ्रमित अहंकारी जब, टिकाऊ हुनर दिखाने, गृहस्थी बसाते हैं तो उनके तुरन्त तोते उड़ जाते हैं।

कुछ बेचारे सरीफ, मजबूरी में सही समय पर, गलत तरीके से ऊर्जा दबाते, नाकाम होते, हथियार सड़ाते हुए दुख पाते हैं,
यदि इतना आसान होता, इस अनियंत्रित ऊर्जा को दबा पाना, तो सारे ढोंगी ब्रह्मचारी होते, जबकि आसक्त होकर, नीयत गिराते हैं,
अरे! इस आग को, दबाया या बुझाया, नहीं जा सकता, ऐसे तो यह और भड़कती, तभी तो इतने सारे कांड हो जाते हैं।
इस ऊर्जा को, दबाते नहीं है, ऊपर ले जाते हैं, सकारात्मकता के साथ ध्यान, योग द्वारा कुण्डिलयाँ जगाते हैं,
खैर, इतना कर पाना, हर किसी की वश की बात नहीं, यह तो तपस्वी, परम्योगी महात्मा ही कर पाते हैं,
पर, गृहस्थ आश्रम में, इस आग को नियंत्रित, संतुलित, संयमित, मर्यादित कर, प्रेमी परम् सुख पाते हैं।

जो, गृहस्थ आश्रम द्वारा, मुक्ति मार्ग को नहीं समझ पाते, वह संन्यास द्वारा भी मोक्ष नहीं पाते हैं,
कुछ परम् योगियों को छोड़कर, ज्यादातर ब्रह्मचर्य के असफल प्रयासों से हारकर, पगला तक जाते हैं,
ऐसे में, संपूर्ण ज्ञान अर्जित कर गृहस्थ, इस ऊर्जा को प्रेम संबंधों द्वारा संतुष्टि पाने हेतु, प्रेमयोगी में जलाते है,

ऐसे प्रेम योगी, हम सब हो सकते हैं, इस मार्ग से भी मुक्ति पा सकते हैं, ऐसे खास संयमित गृहस्थ आत्मसंतुष्टि पाते है।

बाकी फर्जी, सफेदपोश, बनावटी सरीफ, मौका मिलने पर शर्म-हया सब त्यागकर, हद से गुजर कर मुँह काला कराते हैं,
आसक्त हवशी, गृहस्थी नहीं जमा पाते, सुख भी नहीं पाते,
प्रयोगशाला के सनकी वैज्ञानिक होकर, खजुराहो खुजाते हैं,
ऐसे असंतुष्ट गृहस्थ, पगलाकर इधर-उधर मुँह मारकर, समाज में गंदगी फैलाकर, भैंराते हुए ही भड़भड़ाते मर जाते हैं,
ऐसी आकुत्तयाई में पागलपन क्यों, जबकि गृहस्थी में संतुष्टि हेतु, सहजता से पूर्णतः समर्पण करने वाले ही सुख पाते हैं,
संपूर्ण समर्पण के अलावा, अतिरिक्त प्रयास की आवश्यकता ही नहीं है, यह तो आहुति है, खेल नहीं जिसमें जीतना जरूरी है,
आसान भाषा में इसे खेल समझ लो, खेल भावना से खेलो, पूरा प्रयास करो, खेलते रहो, जीतना नहीं खेलते रहना जरूरी है,
आत्मसंतुष्टि, न तो हारकर संतोष है, न ही जीत का घमण्ड, यह तो कीचड़ का कमल है, प्रेम योग से प्राप्त फल है,
जीत-हार तो लगी रहती है, सुख-दुख से परे, संतुष्टि एक मनोयोग, आध्यात्मिक अवस्था है, जो स्वतंत्र, सरल, सहज एवं निश्छल है।

इतना सहज, सरल होने के बावजूद, बहुत कम, पर समझदार गृहस्थी संभाल पाते हैं और संतुलित सुखी जीवन बिताते हैं,
जबकि सभी असफल असंतुष्ट, गृहस्थ नशा, दवा मीट, मैथुन की अति कर, नशों को ध्वस्त कर, जीवन नर्क कर सजा पाते हैं,
'अज्ञानी', रफ्तार के शौकीन, जोश में होश खोकर, धुँआ फेंककर,

खुद तो नर्क जीते हैं, साथी की जिन्दगी भी तबाह कर देते हैं,
ऐसे ही धीरे-धीरे समाज से 'प्यार' लुप्त हो जाता है, चिडचिड़ापन
घर में समाज में चिल्लाता है, 'पापी' समाज को संक्रमित करते है,
अफसोस तो यह है, कि यही समाज, पीढ़ी-दर-पीढ़ी, यह सब
भुगतते हुए, रिश्तों का दंगल बनाता है, तालियाँ भी बजाता है,
जानबूझकर महामारी फैलाता है,
इन्हीं पूर्वाग्रहों, सड़े-गले रीति-रिवाजों, अंधविश्वासों, कट्टर
परंपराओं के कारण, संक्रमित समाज संगठित होकर, जानकारियाँ
छुपाकर बीमारी बढ़ाता है।

जिसके फलस्वरूप, 18 की लड़की, 21 का लड़का, अब सपनों
की बात है,
अब तो, 28 की लड़की, 35 का लड़का, ही असफल शादी की
शुरुआत है,
थकी उम्र के परिणामस्वरूप, रसविहीन, सुखविहीन, पछताते
धिक्कार है,
ना काबिल, एक-दूसरे पर छींटाकशी करते, सच छुपाते, जंग लगे
औजार हैं,
वास्तविकता में, शादी बर्बादी नहीं, पर बर्बाद कर दी जाती है,
बेमतलब बदनाम कर दी जाती है,
हारकर निष्ठुर हुए अपने ही आग लगाते हैं, हाथ तापते हैं,
उदासीनता के कारण, शर्म भी नहीं आती हैं।

काश! सबकी सही समय पर शादियाँ होती,
सौदेबाजी नहीं, सिर्फ हनीमूनी, वादियाँ होती,

गर्लफ्रेंड - बॉयफेंड-सी, मियाँ-बीवी की बतियाँ होती,
घर में सुहानी यादें लिए, बहुत सारी टूटी खटियाँ होती,
पीढ़ियाँ सुधर जाती, अगर सुख-शांति, लक्ष्मी, घर बसाती,
सास-बहू से न जलती, दोनों अपने-अपने कमरे में मस्ताती।

बच्चे जल्दी होते तो, शादी के वक्त, माँ-बाप बूढ़े न होते,
इतना 'B' - गैप न होता तो, कम्युनिकेशन गैप से कन्फ्यूजन न होते,
काश! समय के महत्त्व को समझ, समय रहते, जीवन आनंद सभी ले पाते, मौज उड़ाते,
तो, न चिड़िया खेत चुग पाती, न ही 'किसान' फालतू बैठकर,
उग्रता में अपना ही घर जलाते।

सब समयानुसार सही होता तो खुशनुमा माहौल में, लॉकडाउन भी खुशियाँ ही लाते,
कुछ महीने छोड़ो, सालों यूँ ही हँसी-खुशी कट जाते, खुश होकर सब खुशियाँ फैलाते,
फिर नहीं, तोड़ती शादियाँ दम, लॉकडाउन में घुट-घुट कर,
ना ही रोते रिश्तें, निराश कैदियों की तरह फूट-फूट कर,
उल्टा घर भर लेते उमंगी, छोटी-छोटी खुशियाँ किस्मत से चुराकर,
फैला बटोरकर लूट-लूटकर,
कोरोना जैसों का नामोनिशान मिट जाता, नष्ट हो जाती संक्रमित चैनें, खुद-ब-खुद टूट-टूट कर।

यह तो घर की बात हुई, सफल शदियाँ तो, संम्पूर्ण समाज को भी सुधार देती,

यदि घर पर सबको, समय पर खाना मिलता तो, तृप्ति भूखें-भेड़ियों को भी तार देती,
फिर ये भूखें-भेड़ियें, बलात्कारी-अत्याचारी, दुराचारी न होते, सब घर में संतुष्ट होकर सोते,
फिर न ही समाज में हाय-तौबा मचती, न दवाइयाँ चलती, न ही नए-नए फालतू नुस्खे इजात होते,
फिर भटकता इंसान, इंटरनेट पर, एडिटेड, ओवर जोशीलें, पोर्न, फर्जी झूठी कहानियों इत्यादि से भ्रमित न होता,
तो सच्चा नौसिखियाँ भी 'कितना चलेगा', 'छोटा-बड़ा', 'मोटा-पतला', सोचना छोड़कर, सिर्फ निश्चिंत अभ्यास' से संतुष्ट होता।

यदि सब सुशिक्षित होते तो न कोई, 'गैंग बैंग' देखता, न 'गैंग रेप' होते, न तो असंतुष्ट भूखे भेड़िये होते, न ही भ्रमित कमजोर-मजबूत शोषित तरसते,
यौन शिक्षा होती तो पोर्न साइट्स पर, बैन लगाने की आवश्कयता ही न पड़ती, क्योंकि सब सदाचारी होते जागरूक अच्छा-बुरा खुद-ब-खुद साफ समझते,
तड़प, शोषण, हवस, वासना, हिंसा अराजकता का नामोनिशान स्वतः ही मिट जाता है, जब हर कोई प्रेममय हो जाता है,
प्रेमपूर्ण होकर मानवता सुख पाती है, मिलकर तरक्की करती है, गरीबी-बेरोजगारी मिट जाती, सर्वमंगल हो जाता है।

काश! यह सब सच हो पाता, काश! मानव समाज यह सब सच कर पाता,

वैसे ज्यादा मुश्किल काम नहीं है, सब मिलकर प्रयास करते तो
हो जाता,
अगर सही तरीके से, सही समय पर, 'स्त्री' प्राकृतिक सहज-सुख
संतुष्टि पाती,
तो न व्यभिचार करती, न ही धोखा देती, न धोखा पाती,
यदि 'पुरुष' समय रहते, क्षणिक सुख की अंधी तृष्णा का सम्पूर्ण
सार्वभौमिक सत्य समझ पाते,
तो न माया में फँसकर लक्ष्मी को ठुकराते, न दर-दर भूखे भटकते,
न पाप करते न सजा पाते,
असंतुष्ट आदमी-औरत घर से निकलकर, समाज को संक्रमित करते
हैं, यही तो मजबूरी है,
सामाजिक संतुलन बनाने हेतु, समय पर शादी और शादी का सफल
होना जरूरी है।

दो-दो की जोड़ियों में, यदि सभी संतुष्ट एवं सुखी रहे तो, कोई भी
फालतू नहीं भटकेगा,
हर एक अपने-अपने महबूब की बाहों में शांति पाये तो, कोई भी
इधर-उधर नहीं झाँकेगा,
संतुष्टि पाकर, सभी भूखे-भेड़ियें, चुड़ैल-डायन, पुरुष-स्त्री बनकर
सुख पायेंगे,
समाज में खुशियाँ ही खुशियाँ छा जायेगी, सभी परिवार रोज
दिवाली मनाऐंगे।

समझे! जिसको घर पर, भर पेट खाना मिल जाता है, वह बाहर
मुँह नहीं मारता,

जो अपनी बीवी को दिल से रानी बनाता है, वह दूसरों की बहू-बेटियाँ नहीं ताड़ता,
और वह संतुष्ट औरत, घर को स्वर्ग से भी सुन्दर और बेहतर बनाती है,
जो पति का प्यार पाकर, तारों की सैर पर जाती है, उसको कोई भी बहला-फुसला नहीं सकता, वह जूठा नहीं खाती हैं।

कुछ मिलाकर, संतुष्ट शादियाँ, रेप, गैंग रैंप सहित सारे कुकर्म रुकवाती है,
सही समय पर सफल शदियाँ, नौजवानों को, अपराधी बनने से बचाती है,
इसलिए घरवाली पर पैसा खर्च करो, वह भी बाहर वाली का मजा देगी, सभी हीरोइनों को फेल कर देगी,
घरवाली को सबसे बेहतर बनाओ, सम्मान दो, वह लक्ष्मी बनकर, पैसे बचाकर घर को मंदिर कर देगी,
लड़कियों को पढ़ाओं, लिखाओं, काबिल बनाओ, नारी सशक्त होगी तो, परिवार को सशक्त बनाकर, सामाजिक जागृति ला देगी,
लड़के-लड़कियों को सैक्स ऐजुकेशन दो, सहजता से मर्यादित करो, तो हर जोड़ी सफल-संतुष्ट गृहस्थी में परमानंद पा लेगी।

ध्यान रखना, हवस कैसी भी हो, मिटा देती है शदियाँ,
सभी समाज सेवक, शादीशुदा भाईयों-बहनों को ढेरों बधाईयाँ।

ऊँ शांति, ऊँ शांति, ऊँ शांति

7. भटकते मजदूर

कोरोना ने, सबसे बुरा हाल मजदूर का किया,
दिहाड़ी मजदूर का जीना मुश्किल किया,
दिहाड़ी रोज कमाते, रोज खाते है,
कुछ बचाते हैं तो, एक-दो हफ्ते का बचा पाते हैं,
पर महिनों के लॉकडाउन ने प्राण निकाले हैं,
निकल पड़े सारे के सारे गाँव की ओर, क्योंकि खाने के लाले हैं।

गाँव तक पहुँचना बहुत मुश्किल था,
साधन नहीं था, ऊपर से पुलिस का पहरा था,
किसी को भी इधर-उधर जाने नहीं दिया जा रहा था,
फिर भी भूखा मजबूर मजदूर, पैदल ही चलता जा रहा था,
कुछ घर जिन्दा पहुँचें, कुछ रास्ते में ही खो गए,
कुछ के किस्से अखबार में छपे, कुछ बेमौत सो गए।

घर में भी घुसने नहीं दिया, क्वारन्टाइन कर दिया,
ऊपर से संक्रमण फैलाने का झूठा आरोप मढ़ दिया।

पर फिर सबकुछ शांत हो गया,
लॉकडाउन, अनलॉकडाउन हो गया,
जब मजबूर, मजदूर कैद हो गए,
तब, आने-जाने के साधन खुल गए,
जाहिर है, अब अमीरों को आना-जाना था,
धंध-पानी चलाकर, पैसा कमाना था,
फिर आत्मनिर्भरता का नारा उचक आया,

घर में ही रोजगार देने को झूठा वादा, टीवी पर चलाया,
पर कुछ मिला नहीं, ज्यादातर सब हवाई जुम्ला निकला,
घर पर बेकार पड़े-पड़े, मजबूर मजदूरों का दिवाला निकला।

मजबूरी में, मजदूर वापिस निकल पड़ा शहर,
पर, शहर में कामकाज जाम था, थी मंदी की लहर,
पड़ा रहा बेचारा बेरोजगार फुटपाथ पर,
भटकता रहा, रोजगार की तलाश में दर-बदर,
अनलॉकडाउन में भी, काम काफी बंद था,
जितना खुला भी था, उस पर लोकल बंदा था,
प्रवासी मजदूरों की जगह, स्थानीय मजदूरों ने ले ली,
प्रवासी मजदूर न घर का रहा न घाट का, किस्मत ने क्या चाल खेली,
आत्मनिर्भरता के चक्कर में, मजदूर घनचक्कर हो गया,
काम से गया तो, सड़क पर आ गया, सड़क छाप बंदर हो गया,
भटकता मजबूर मजदूर चिल्लाता रहा, पर किसी ने सुना नहीं,
सब मौन होकर तमाशा देखते रहे, न्यूज वालों ने भी चुना नहीं।

चिल्ला-चिल्लाकर थक गया, तब खुद शांत हो गया,
आँसू सूख गए तो, भावनाशून्य, मृत समान हो गया,
कुछ लौट गए फिर से गाँव, हिम्मत हारकर,
कुछ शहर में ही खो गए, खुद को हारकर,
कुछ कम पैसों में बेगारी करने लगे मन मारकर,
जाते भी कहाँ गरीब बेचारे, साहेब से इन्कारकर।

सेठ का तो फायदा ही हुआ, जो मजदूर आपस में लड़ गए,
सबसे कम पैसों में काम करने वाले, काबिल टिके, बाकी घर गए।

कितने समय तक इस हताशा का बोझ, भटकते मजदूर उठा पाएंगे,
न जाने कब तक भारतवासी मिलकर, देश को दोबारा पटरी पर ला पाएंगे,
पता नहीं कब जुम्ला, हकीकत बन पाएगा, कब अच्छा समय आएगा,
वह दिन कब आएगा जब हर मजदूर, घर के पास ही काम पाएगा।

सरकार, सेठ, ठेकेदारों, सबको मिलकर, मजदूरों का खर्चा उठाना होगा,
हम सबको मिलकर, कोरोना युद्ध के अंत तक, मजदूरों को सुरक्षित आश्रय दिलाना होगा,
खाना और दवाई का इतंजाम कर, अपना फर्ज हमको निभाना होगा,
कैसे भी करके सभी भारतवासियों को मिलकर, मजदूरों को जिंदा बचाना होगा।

कोरोना युद्ध के बाद, यही मजदूर देश को फिर से बनायेंगे,
यही काबिल कारीगर, अपने खून-पसीने से सींचकर देश दौड़ायेंगे,
मजबूर मजदूरों पर, एहसान मत करो, देश हित में खुलकर सहयोग करो,
कोई जबरदस्ती नहीं है, अतिरिक्त पैसा पड़ा हो तो, गुप्त दान करो,
यही दान, गरीबों की जान बचा पाया तो, महामारी में सुकून पाओगे,
गरीब की दुआ से सब चंगा हो जायेगा, आत्मशांति पाकर संतुष्ट हो जाओगे।

8. रहस्यमय बेरोजगारी

कविता शुरू करने से पहले, सबसे माँफी माँगना चाहता हूँ।
अज्ञानवश एक बड़े कलाकार की हत्या को, आत्महत्या समझ लिया था।
पर, मन नहीं माना, जाँच-पड़ताल चल रही थी, हत्या भी कैसे कहता?
इसलिए बस हाथ जोड़कर, माँफी माँगना चाहता हूँ।
मैं अब अपने मन से, कुछ नहीं कहूँगा।
चुपचाप जाँच की प्रक्रिया को चलते, बस देखना चाहता हूँ।

पर, कर्ज में डूबे किसानों की हत्या को भी तो, आत्महत्या बताया जाता है।
लॉकडाउन में मजबूर मजदूरों की हत्या को भी आत्महत्या बनाया जाता है।
कुछ भूखे, गरीब, असहाय मजदूर भूख से मर गए, पर अफसोस मुद्दा नहीं बना।
क्या इस, 'मुद्दा बनाना', 'मुद्दा छुपाना', जैसी, सोची-समझी साजिश पर, किसी को अफसोस है?
क्या इन निर्मम हत्याओं की जिम्मेदारी कोई लेगा?
क्या इन अनगिनित अत्याचारों की जाँच-पड़ताल होगी?
क्या कोई मीडिया चैनल, इनकी जाँच के लिए दिन-रात खबरें दिखायेगा?
क्या आम आदमी ही, इनके लिए आवाज उठाने सड़कों पर आयेगा?
क्या राज्य सरकारें इनके न्याय हेतु, आपस में प्रतिस्पर्द्धा करेगी?
क्या इन गरीबों के लिए भी, CBI जाँच की माँग उठेगी?
क्या यह मामला भी सुप्रीम कोर्ट तक जायेगा?

क्या सच में गरीबों की हत्याओं का इंसाफ हो पायेगा?
क्या सत्यमेव जयते का नारा, गरीबों हेतु भी बुलंद हो पाएगा?
लगता तो नहीं है, इसलिए मैं माँफी माँगना चाहता हूँ?
अरे! ये तो, खुद ही मारे गए, इसमें किसका दोष है।
मैंने ये क्या ख्याली बातें बना डाली, ये तो कोरोना कहर है।
महामारी के दौर में ऐसा होता है, मैंने बातें बनाकर गलती की।
मैं फिर से सच में शर्मिन्दा हूँ, और एक बार फिर माँफी चाहता हूँ।
मेरी वजह से कहीं कोई इसका, राजनैतिक फायदा न उठा ले।
गरीबों की रोटी के बहाने, कोई राजनैतिक रोटियाँ न बना ले।

पर शुक्र है, गरीबी तो, मुद्दा ही नहीं है,
गरीबी की आखिर किसको पड़ी है,
हाँ पर, गरीब के गैंग रेप में मसाला है,
शायद इसीलिए राजनैतिक पार्टियों ने, मीडिया ने सबने इसे ऊछाँला हैं,
मुझे भी लगा, समाज जाग गया है,
अब क्राँति आएगी
बेटियाँ सुरक्षित हो जायेंगी।

पर जैसे हम चैनल बदल देते हैं, मुद्दा बदल गया,
शौकीन जनता का मन अब, 'लव जिहाद' पर लग गया,
जिहाद से याद आया, जमातियों का मुद्दा,
तब समझ आया, जनता का ही दोष है,
जनता ही बेहोश है,
कभी आँसू बहाती है, कभी तालियाँ बजाती है,
और सबसे अच्छी बात है जनता की, कि वह सब भूल जाती है,

इसी को समझते हुए, मीडिया अपनी दुकानें चलाती है,
मीडिया से भी बढ़कर, सोशल मीडिया मौके भुनाती है,
हैशटेंग आंदोलन चलाकर, जनता का मूड बनाती है,
इसी बहाने कुछ अफवाहें फैलाते हैं, कुछ भ्रम मचाते हैं,
कुछ मुद्दे सच्चे होते हैं, कुछ झूठे, कुछ दम तोड़ जाते हैं, कुछ बवाल मचाते हैं,
पर कमजोर गरीबों की, कोई सुनवाई नहीं है,
सुनवाई है तो, शायद अभी तक टीवी पर दिखाई नहीं है,
ऐसी ऑनलाईन आँधियाँ, आती है, चली जाती है,
पर जमीनी हकीकतें, अछूती रह जाती है।

शायद मैंने फिर बकवास कर दी,
क्या करूं भावनाओं में बह जाता हूँ,
आम-आदमी हूँ भोला-भाला, कच्चा घड़ा हूँ बहक जाता हूँ,
अंतिम बार माँफ कर दो, कान पकड़ता हूँ, दंड बैठक लगाता हूँ।

वैसे अब, देश में हालात, बहुत अच्छे हैं,
ज्यादातर भारतवासी, सरकारी नौकरी कर रहे हैं,
सभी देशवासी, देश भक्त है,
सब अपने-अपने कामों में व्यस्त है, किसी को कहाँ फुरसत है,
अगर मैं, आकड़ा निकालू तो, निम्नलिखित विभागों में भयंकर भर्ती हुई है,
पुलिस विभाग में ताबड़तोड़ भर्ती हुई है, अतिरिक्त पदो पर भी नियुक्ति हुई है,

केन्द्र राज्य सभी, बढ़-चढ़ कर, अंधाधुन भर्तियाँ कर रहे हैं,
प्रतिस्पर्द्धा कर रहे हैं,
जनता की सुरक्षा सामाजिक न्याय हेतु, सभी सरकारी विभागों को भर रहे हैं,
CBI, NCKB, EB, RAW इत्यादि संस्थाओं ने तो आश्चर्यजनक भर्तियाँ कर, कीर्तिमान स्थापित किए हैं,
जल, थल, वायु सेना सहित सभी सशक्त बलों को और बढ़ाने,
चीन-पाकिस्तान को डराने, भर्तियाँ किए हैं,
प्राईवेट सेक्टर ने भी लोगों को दिल खोलकर, रोजगार के अवसर प्रदान किए हैं,
सबसे ज्यादा न्यूज चैनल्स, प्राईवेट डिटेक्टिव सहित खूफिया तंत्र ने रोजगार दिए हैं।

कुछ स्वतंत्र पत्रकार है तो, कुछ स्वतंत्र एक्टिव,
सभी भारतवासी, देश की सुरक्षा हेतु दिन-रात है एक्टिव,
जोशीलें नौजवान फौज से ज्यादा अक्लमंद IB, RAW जैसी सीक्रेट ऐजेंसियों से जुड़े हैं,
सभी भारतवासी, रोजगार एंव धंधे-पानी से लगे हैं।

अब चीन हमारी क्षमता, तरक्की से थर्र-थर्र काँपता है,
पाकिस्तान हमारी देश भक्ति के आगे, पानी माँगता है,
बाकी सारी दुनियाँ भी भारतीय शक्ति के आगे तेल लेती है,
भारतीयों की देश भक्ति, देश के दुश्मनों को तुरन्त पेल देती है।

कोरोना महामारी भारत में आकर दम तोड़ चुकी है,
बेचारी, खाँसी-जुखाम से आगे नहीं बढ़ पा रही है,
तथाकथित महामारी, भारतीय तंत्र से पूर्णतः हार चुकी है,
भारतीयों की जान लेना तो छोड़ो, हँसी का पात्र बन चुकी है।

भारत ने सबसे पहले कोरोना वैक्सीन, बना ली है,
क्योंकि भारत में, काबिल वैज्ञानिकों की कमी नहीं है,
यहाँ घर-घर, डॉक्टर, वैज्ञानिक और कोरोना विशेषज्ञ है,
पूरी दुनियाँ, भारतीयों के उपकारों से कृतज्ञ है,
हर कोई हमारे आगे, ससम्मान सर झुकाता है,
दुनिया का हर बंदा, हमारे ही गुणगान गाता है,
जहाँ दुनिया भर में, कोरोना महामारी फिर से, आतंक मचा रही है,
वहाँ भारत में, लोकतंत्र के त्योहार सहित ईद-दिवाली मनायी जा रही है।
पर भारतीयों ने पूरी दुनिया में, कोरोना वैक्सीन बाँटकर खुशियाँ बाँटी है,
भारतीय मिलकर रहते हैं बाँटकर खाते हैं, इसलिए सारी दुनिया को,
फ्री वैक्सीन बाँटी है।

यह 100 प्रतिशत सत्य है कि भारतवासियों ने, आश्चर्यजन रूप से,
कोरोना काल में तरक्की की है,
अतिश्योक्ति की बात नहीं है, यह तो बड़े दिल वाले भारतीयों की
फितरत है, जो सहजता से सबकी मदद की है,
इसीलिए तो आज भारत, फिर से विश्व गुरु है,
यहाँ हर कोई देश की तरक्की हेतु, बहुत व्यस्त है,

सबकुछ सुव्यवस्थित है, कुछ भी नहीं अस्त-व्यस्त है,
टेक्नोलॉजी के क्षेत्र में सिक्का जमाकर भी, भारत कृषि प्रधान है,
भारत में किसान अन्न देवता है, पूर्णतः संतुष्ट हैं, सब करते इनका सम्मान है,
सारा भारतीय समाज ही अपने आप में, अपने-अपने योगदान से आत्मसंतुष्ट है,
चारों तरफ शांति का माहौल, सामाजिक उन्नति है, कोई गरीब नहीं है, सब मस्त है।

फिर भी कुछ नास्तिक लोग, कह देते हैं कि देश में बेरोजगारी है,
मुझे नहीं दिखती, किसी को नहीं दिखती, यह कैसी रहस्यमयी, अदृश्य बेरोजगारी है,
और भूलकर भी, यह मत कह देना, कि सरकारी तंत्र ढ़ीला है,
अधिकारी, कर्मचारी ईमानदारी से काम नहीं करते, यह झूठ कितना ढ़ीला है,
क्योंकि अभी हाल ही में, एक स्टार पर तक, सरकारी कार्यवाही काफी तीव्र थी,
जिसकी तीव्रता का मुकाबला, कोई भी 'तीस मार खा' नहीं कर सकता,
यह उम्दा उदाहरण हैं कि यहाँ, अमीर, शक्तिशलियों को भी गलती पर बख्शा नहीं जाता है,
कोई भी तुर्रम खां हो, अपराध करता है, तो तुरन्त कार्यवाही द्वारा कड़ी सजा पाता है,
ऐसी तुरन्त कार्यवाही करने वाले सरकारी तंत्र से, मैं तो पूर्णतः आवश्स्त हूँ,

मुझे लगता है, इन्हीं कारणों से कोरोना, आर्थिक मंदी, गरीबी, बाढ़, तूफान, भूकंप, सुनामी सब मिलकर भी, भारतीयों को चिंताग्रस्त, नहीं कर सकते, इसलिए तो सभी भारतीय मस्त है,
क्योंकि चिंता की चिता जलाने हेतु, सरकारी तंत्र सजग है, तुरन्त कार्यवाही करता है,
ऐसे तत्पर देशभक्त तंत्र के कारण ही तो, भारत अतुल्यनीय है,
इन्हीं विशेषताओं के कारण भारतीय तंत्र, समूचे विश्व में लोकप्रिय है,
अज्ञानतावश, गलती से कुछ भूल-चूक हो गई हो तो, क्षमा करें,
अंत में दिल से कहूँगा, "जय हिन्द, जय भारत।"
दुआ करूँगा कि, "मेरी जुबान पर सरस्वती जी का वास हो।"
"सत्यमेव जयते"

....

....

....

"बाकी सब ठीक है।"

9. कोरोना कालीन तंत्र एवं टोटके
तंत्र

सरकारी तंत्र पर तो, गली–गली में चर्चा होती रहती है,
सामाजिक तंत्र पर भी बहुत बतिया लिये,
अब कुछ बातें, कोरोना तंत्र पर भी कर लेते हैं,
इसके ऊपर, ऊपर वाले का हाथ है।

यह ऊपर वाले दो हैं,
एक तो, असली ऊपर वाला, मतलब ईश्वर है,
दूसरा ऊपर वाला, बॉस का भी बॉस मास्टरमाइंड है,
ईश्वर तो, जवाब देता नहीं है, पर कार्यवाही करता है,
अगर सच में कोरोना, ऊपर वाले द्वारा फैलाया तंत्र है,
तो कोई विवाद ही नहीं है, सही है।
हमारी ही गलती है, जिसकी सजा मिल रही है,
प्रकृति अपना संतुलन बना रही है,
इंसान को असली औकात दिखाकर सबक सिखा रही है और ऐसा होना भी चाहिए,
क्योंकि घमंड टूटेगा, तभी तो लालची इंसान रुकेगा,
प्रदूषण, गंदगी, भ्रष्टाचार रोकने के लिए ईश्वर की लाठी, कोरोना तंत्र है।

दूसरा रहस्यमयी कोरोना तंत्र, सिर्फ पैसा कमाने के लिए है,
असल तंत्र का उपयोग, समाज के लाभ के लिए हो तो ठीक, नहीं तो तंत्र उल्टा भी पड़ जाता है। यह बात आज चीन, समझ नहीं पा रहा, क्योंकि समझ के आड़े घमंड आ जाता है,
पैसा कमाने की अंधी भूख ने महामारी का डर फैलाया है,

सर्वशक्तिमान बनने की होड़ ने, न जाने कितनों की जान ली और
अनगिनत लोगों का धंधा चौपट कराया है,
क्या सच में कोरोना महामारी, अंतरराष्ट्रीय घोटाला है?
क्या यह संक्रमण, सोची-समझी साजिश है?
क्या यह डर पैसा कमाने की तगड़ी जुगाड़ है?
क्या यह कोविड, नं. 1 बनने के लिए एकतरफा दौड़ है?
अगर ऐसा है तो अकेले चीन को गड़ियाना ठीक नहीं।
क्योंकि यह किसी एक मुल्क के वश की बात नहीं लगती, शायद
यह प्रोक्सी वर्ल्ड वार है,
जिसका कोविड, एक रहस्यमी जैविक हथियार है।

अब कोरोना के व्यक्तिगत तंत्र को समझते हैं, कोरोना अपने-आप
में, एक स्वतंत्र तंत्र है।
जो अनुकूलनता के सिद्धांत पर चलता है, गिरगिट-सा रंग बदलता है।
इसकी वैक्सीन बनाना बड़ा मुश्किल है, यह कमजोरों को निशाना
बनाता है,
बुढ्डे-बीमारों को स्वर्ग का रास्ता दिखाता है,
रोग प्रतिरोधक क्षमता बढ़ाना ही, इसको रोकने का एक मात्र टोटका है,
इसके संक्रमण से, सतर्क निडरता से बचकर रहना, सावधानी ही
बचाव है।

मास्क सर्दी-जुकाम, टी.बी., कोरोना इत्यादि सबको रोकेगा,
साफ-सफाई रखेगा, तो अन्य अनगिनत बीमारियों से भी बचेगा,
हाथ धोकर हर चीज खायेगा तो, शरीर स्वस्थ रहेगा,
सात्विक आहार करेगा तो, कोरोना मुक्त रहेगा।

इस कोरोना के व्यक्तिगत तंत्र के बहुत मायने है,
कोविड बताने आया है कि अंतरिक्ष की छोड़ो, इंसान पृथ्वी पर ही अकेला नहीं है,
कोरोना जैसे कई तंत्र है, प्रकृति के अपने कुछ सर्वव्यापी, कुछ एकांकी नियम है,
जिनका पालन करना अनिवार्य है,
नियम तोड़ने वाला परेशान होता है, दूसरों को भी परेशान करता है,
अंजाम भुगतकर पछताता है आज, अंजाम जग जाहिर है,
अपराधी आदमी सहित पूरी की पूरी इंसानी बिरादरी ही परेशान है।
यह पृथ्वी, इंसान की बापौती नहीं है कि इंसान अंधाधुन पेड़ काटता चला जायेगा,
नदियों को जहरीला, गंदा नाला बनाता जायेगा,
ऊँचे-ऊँचे बर्फीले पहाड़ों को भी नहीं छोड़ेगा, दूर शांत पड़े धुर्वी प्रदेशों में भी गंद मचायेगा,
समुद्र, पाताल लोक इत्यादि सब दूषित कर रहा है घमंडी इंसान,
अंहकारी को क्या पता था कि अति सूक्ष्म कोरोना से मुँह की खायेगा।

असल में एटम बम, सिर्फ हिरोशिमा-नागासाकी में ही नहीं पटके,
बल्कि जगह-जगह, पटक-पटक कर, पृथ्वी को इंसानी राक्षसों ने झकझौरा है,
बेहिसाब तबाही मचाई है, चेन रिएक्शन का मुँह खोला है,
कोरोना भी चेन रिऐक्शन ही है तंत्र वहीं पर उतना घातक नहीं है?
इसका मतलब यह नहीं कि प्रकृति कमजोर है,
यह तो र्सिफ चेतावनी है, संभल जाओ प्रकृति में तो बहुत दम है,
कल्पना करो, यदि कोरोना और घातक होता,

पलभर में ही साँस रोक देता,
तो सारी इंसानी नस्ल तुरन्त ही ढेर हो जाती,
न वैज्ञानिकता चलती, न ही आर्थिक शक्ति चलती है,
ब्याज में इंसानियत का नामोनिशान भी मिट जाता।
यह तो सिर्फ अंहकारी इंसान के गाल पर, प्रकृति का तमाचा मात्र है, क्योंकि प्रकृति मानव की तरह निर्दयी नहीं है,
कुदरत चेताती है, सुधारने का मौका देती रहती है सर्वनाश बहुत कम करती है,
पर सबको पता है, जब-जब अधर्म चरम पर पहुंच जाता है,
तब साक्षात् काल बनकर महाकाल आता है,
पलभर में ही सम्पूर्ण सृष्टि का ही विनाश हो जाता है,
फिर प्रकृति पुनः प्यारा दोष मुक्त शुद्ध तंत्र रचती है,
जिसमें सभी जीवधारी, पेड़-पौधों, जीव-जन्तु, जीवाणु-विषाणु और इंसान अपनी-अपनी हद में मिल-जुलकर, प्यार-मोहब्बत से रहते हैं।

कोई छोटा कोई बड़ा नहीं, प्रकृति सबकी माँ है,
पृथ्वी सबकी है, हम सिर्फ हिस्सेदार है,
हमें भी अपने दायरे में ही रहना चाहिए,
दूसरे के तंत्र का सम्मान करते हुए, छेड़-छाड़ से दूर रहना चाहिए,
इस प्राकृतिक तंत्र को तोड़ने का प्रयास अब छोड़ना चाहिए,
मित्रतापूर्वक मिल-जुलकर रहना चाहिए, बड़ा भाई या बाप बनने की कोशिश छोड़नी चाहिए।

अभी भी मौका है यह अचूक टोटका आजमाओ,
प्रकृति से जुड़ जाओ, रोग प्रतिरोधक क्षमता बढ़ाओ,

स्वच्छ, सुन्दर माहौल कायम कर, शुद्ध हवा में प्रेमपूर्वक रहो,
सबके साथ मिल-जुलकर रहो, 'कोरोना के साथ भी', सभी जरूरी है,
सबके साथ आपसी मतभेद मिटाओ, सबको अपनाओ पृथ्वी सबकी है,
वसुधैव कुटुम्बकम्, ऊँ सर्वे भवन्तु सुखिनः, को स्थापित करो।

टोटके

जब दवा काम नहीं आती, तब दुआ काम आती है,
जब मंदिरों में भी ताले लग जाते हैं, तब आस्था डगमगाती है,
जब झाड़-फूँक वाले, बोरिया-बिस्तर लेकर भाग जाते हैं,
तांत्रिकों के टोटके भी फेल हो जाते हैं,
बाबा, फकीर, ओझा, अघोरी, नागा, फादर, मौलवी सब बेकार
होकर हिम्मत हार जाते हैं।
जब कहीं कुछ राह नहीं दिखती, सारे रास्ते बंद नजर आते हैं,
तब समय मरहम बनकर उभरता है,
समय सारे घाव धीर-धीरे भर देता है,
समय कभी नहीं रुकता हमेशा बदलता है, यही बदलाव इलाज है,
जब सारे नियम टूट जाते हैं, तब भी समय रुकता नहीं इलाज
करता है,
ये कोरोना वैक्सीन के इंतजार की बात नहीं, इंतजार तो सिर्फ समय
बर्बाद करता है।

वैसे भी वैक्सीन की कामयाबी का क्या भरोसा, विषाणु चालाक है
फंसेगा नहीं,
बदलते समय के साथ, जब एक छोटा-सा विषाणु भी बदलता हुआ
चलता है,

तो इंसान को भी यह सीख सीखते हुए, समय के साथ कदम मिलाकर चलना होगा,
समय से सुर मिलाकर इस दौड़ में, विषाणुओं को पीछे छोड़ना होगा।

विषाणुओं से ज्यादा, खुद को मजबूत बनाकर ही, यह बाजी जीती जा सकती है,
रोग प्रतिरोधक क्षमता बढ़ाकर ही, कोरोना महामारी को हराकर, पार पायी जा सकती है,
रोग प्रतिरोधकता बढ़ाने के लिए, अलग से कुछ खास नहीं करना है,
मात्र वेदों की ओर लौटना है, अथर्ववेद के मंत्रों को समझकर पालन करना है।
सरल भाषा में सात्विक भोजन करना है, योग अभ्यास करना है।
भारतीय संस्कृति की पहचान, मसालों को मात्र मसाले नहीं, दवा समझना है,
आयुर्वेद की शक्ति को पहचान कर, संयमित जीवन अपनाकर, प्रणायाम करना है,
हल्दी, धनिया, हींग, जीरा, मुनैथी, राई, सौंठ, अजवाईन, कढ़ी पत्ता, मेथी स्वाद बढ़ायेंगे,
पीपल, तुलसी, सिरका, ढौंड़ा, इलाइची, सेंदा नमक, खसखस दाने, अमचूर, अचार, आँवला रंग जमायेंगे,
आयुर्वेदिक औषधियाँ अश्वगंधा, गिलोय, शिलाजीत, सफेद मूसली मिलकर रोग प्रतिरोधक क्षमता बढ़ायेंगे,
अन्य आयुर्वेद औषधियाँ, योग अभ्यास से मिलकर, शरीर की सम्पूर्ण शुद्धि कर कोरोना भगायेंगे।
नींबू, मिर्ची, हरा धनिया, टमाटर, लहसुन, प्याज हरी सब्जियों को

स्वादिष्ट, इंसानों को मजबूत बनायेंगे।
आम, संतरा, जामुन, आलू बुखारा, सेब, केला, मौसमी, अनानास
सबके पसंदीदा फल कमाल दिखायेंगे,
गाजर, मूली, खीरा, चुकुन्दर, ककड़ी, सिघांड़े सलाद रूप रूप में,
खाने का जरूरी हिस्सा बनकर कब्ज मिटायेंगे।

छोटी-छोटी बातें, दादी के नुस्खे, घर की थाली, सुबह का नाश्ता,
शाम की मसाला चाय, मिलकर जान बचायेंगे।
समय पर संतुलित खाना, वैद्य द्वारा सुझाई, सही मात्रा में, औषधि
के साथ साफ-सफाई, सावधानी महामारी मिटायेंगे,
आयुर्वेद सिर्फ इलाज नहीं करता, स्वस्थ, सुन्दर, संयमित जीवन
शैली की स्थापना कर, सम्पूर्ण समाधान करता है,
आयुर्वेद की क्षमताओं के कारण ही, सारी दुनियाँ, भारत का
गुणगान करती है,
विदेशी भी योगाभ्यास कर खुद को तंदुरूस्त करता है,
सभी देश मिलकर अनुसंधान करेंगे, यज्ञ करेंगे,
कोरोना संक्रमण से लड़ने में एक-दूसरे का साथ निभायेंगे,
हम अपना योग, आयुर्वेद उन्हें समझायेंगे,
उनका भी कुछ अच्छा अपनायेंगे, आपसी एकता, भाईचारे से जंग
जीत जायेंगे,
जीतने के बाद भी संयमित रहेंगे,
अथर्ववेद अनुसार जीवन जीना सीखकर, शारीरिक शुद्धि द्वारा परम्
सुख पायेंगे,
संतुलित, साफ-सुथरा, स्वच्छ हवा युक्त, पर्यावरण हेतु मिलकर
कार्य करेंगे,
फालतू भड़भड़ाता छोड़कर, भागीदारी में ही संतुष्टी पायेंगे।

10. गम ए जुदाई!

3 महीने बाद, रानी का जब फोन आया,
तो मैंने, खुशी से बर्तन छोड़कर, हाथ पोंछकर,
मन में अरमानों को जगाकर, खुद को उकसा कर,
तुरंत भागकर उठाया और दरवाजा लगाया,
कुछ उसने अपना अच्छा-बुरा सुनाया
कुछ मैंने दुखड़ा गाया, कुछ हंसी में उड़ाया।

कोरोना पर भी चर्चा होने लगी, लॉकडाउन की खिल्लियां
उड़ने लगी,
कुछ हंसी-मजाक, कुछ चुटकुले-बाजियां, कुछ बातें, रोमांटिक-सी
होने लगी,
पुरानी यादें ताजा होते ही, 'उनकी' याद भी तड़पाने लगी,
बातों में शरारत भरी, चुटकियां, मस्तियां, बदतमीजियां होने लगी,
सब काम-काज छोड़कर, भूलकर सारे गम
उड़ने लगी यादों में तितली-सी पंख फैलाकर।

जो भी मैंने पूछा, उसने तुरंत बताया,
मजे ले लेकर बताया, क्या खूब बताया,
कामिनी का हालचाल जानना चाहा, देखा पूछकर,
लॉकडाउन में फंसी है, उसने बताया मजे लेकर,
शादी के बाद से ही लगातार, लंबे हनीमून में है, स्वाद ले लेकर,
गा-गाकर सुनाया,
खुशियों की बौछार लेकर उसके लिए, लॉकडाउन था आया, दिन
में भी कमरा बंद कराया।

मैंने पूछा नहीं, फिर भी बताया आसक्त होकर,
भाँप गई थी शायद कुछ मेरी चुप्पी समझकर,
पति के साथ शहर गई थी, बढ़िया सज-धज कर,
नहीं आना चाहती थी 'ससुराल' भूलकर, भटककर,
जनता कर्फ्यू पर ध्यान नहीं दिया, ताली-थाली खूब बजाया,
तीनों महीने उसने खूब मजा उड़ाया, चौबीसों घंटे स्वर्ग पाया।

रानी बहुत कमीनी है, सब कुछ गाया, मेरा दिल जला कर,
दया नहीं आई उस जालिम को, मेरी परिस्थितियों को समझ कर,
मैं 3 महीनों से, मायके फंसी हूं, पति भी नहीं आ पाया लेने समय पर,
तभी से जी रही हूं उनके बिना, कष्टों को सहकर, यादों में घुट-घुट कर,
कामिनी की किस्मत है, लॉकडाउन में, सास-ससुर से भी छुटकारा पाया,
उसके मजे की कल्पना ने ही आंखों में आंसुओं को लाकर बहुत रुलाया।

रानी भी तो, अंदर से रो रही थी, बिन पति ससुराल में दुखी थी,
सास, ससुर, नंद, भौजाई के अत्याचार सह-सह कर, टूटी-सी थी,
पर, अपने गम से ज्यादा, मजा आ रहा था उसे, मेरा दिल जलाकर,
रानी ससुराल में फंसी, नौकरानी थी और सास उसकी है बड़ी भयंकर,

उसका पति शहर में फंसा था, प्यार पाने को तरसती-तड़पती बहुत थी,
कामिनी जैसी किस्मत कहां, 'झूठ' बोल रही थी 'कमीनी', जो
उसकी चाहत थी।

सोच समझ कर मैंने भी मस्त दांव लगाया,
उसकी दुखती रग पर पांव रखकर गला दबाया,
पति के साथ मजे में हूं, 1 दिन का समय मिला था, तब ले गए थे
'बताया',
जनता कर्फ्यू और लॉकडाउन के बीच के 1 दिन का फायदा उठाया,
मजा उड़ाया,
सास-ससुर गांव में फंस गए, घर में कोई नहीं, पति की मस्ती
को छोड़कर,
कुछ और बताती इससे पहले ही फोन कट गया, दोबारा नहीं
आया लौटकर।

11. मौजी लॉकडाउन

रमेश की नई-नई शादी हुई थी, बीवी बहुत सुंदर मिली थी,
कुछ ही दिनों में वह, बीवी को साथ ले आया, लाने की जल्दी थी,
उन सब की जल गई थी, जिनकी शादी नहीं हुई थी,
पर उम्र हो गई थी,
और उनकी भी जिनकी बीवी गांव में रहती थी,
रूढ़िवादी बूढ़ी हो गई थी,
दरअसल रमेश की सरकारी नौकरी थी, छोटे शहर में नियुक्ति थी
और यही बात तो खास थी,
सरकारी आवास में निवास करता था, बड़े शहर की पैदाइश थी,
खुले दिमाग का था, बीवी बिंदास थी।

सब अपने-अपने काम में व्यस्त रहते थे, पक जाते थे,
फुरसत कहां थी जलने-भूनने की, दफ्तर में ही भुन जाते थे,
दिन भर तो, कार्यालय में निकल जाता था, रात में
आराम फरमाते थे,
ताकत ही कहां रहती थी सोचने-समझने की, साबुन की तरह घुल
जाते थे,
पर कभी-कभी रमेश की खिंचाई कर ही लेते थे,
दिल बहलाने को मजे ले लिया करते थे,
कोशिश करते थे कुछ पूछने की, कुछ बताने की, खुद को अनुभवी
सिद्ध करते रहते थे।

मजा तो बहुत आता था, मज ले लेकर,
चुटकियाँ, ठिठोलियां करने में,

वक्त अच्छा कट जाता था, हंसी-मजाक में, काम के साथ
ऑफिस में,
पर एक दिन धड़ाम से,
लॉकडाउन आया और भौचक्का-सा कर गया,
सब कुछ एकदम से बंद हो गया, दारु-गुटके का सहारा भी
छिन-सा गया,
किसी को भी मुख्यालय छोड़ने की अनुमति नहीं थी,
उच्च अधिकारी की बहुत सख्ती थी,
सब कैद हो गए अपने-अपने घरों में, चूहों की तरह,
पर रमेश की तो, लॉटरी-सी निकली मस्ती थी।

सब परेशान थे लॉकडाउन से, नियमों के जंजाल में, सब फंस गए
बंद कमरे में,
10 बाई 10 की जिंदगी में, दफ्तर भी बंद था, कोई काम नहीं था,
समय काटना पहाड़ चढ़ने-सा मुश्किल होने लगा था,
बीवी बच्चों की याद भी आने लगी थी, अकेलापन पुरानी यादें याद
दिलाकर, आत्मा को खाने लगा था,
एक-एक दिन गुजारना मुश्किल हो रहा था,
बिन तम्बाकू-शराब शरीर, थर-थर काँप रहा था,
बस फोन का ही सहारा था, जो 'दो-पैक' का काम कर, काम
चला रहा था, जीवन चला रहा था।
पर रमेश की तो मौज थी, कोरोना की मेहरबानी थी,
बीवी मस्तानी थी, भगवान ने आशीर्वाद दिया था,

लॉकडाउन ने उसे शादी का असली तोहफा दिया था,
थकान को हटाकर नया जोश भर दिया था,
न ऑफिस जाना, न थककर घर आना, चिक-चिक का तो खेल ही खत्म, कर दिया था,
कमरा बंद, फोन बंद, दिन-रात मस्ती के माहौल ने,
चिक-चिक का खेल चालू कर दिया था,
न रोक-टोक, ना कोई परेशानी, सैलरी बेरोक खाते में आती थी और मस्ती में उड़ा दी जाती थी,
हफ्तों कमरे से बाहर निकलने का कोई काम नहीं था,
मालकिन काम पर काम बताती जाती थी,
महीनों का राशन इकट्ठा कर लिया था, मस्ती का पूरा इंतजाम कर लिया था, आवाजें सुनने वाला कोई नहीं था,
सबको लॉकडाउन कर दिया था,
चारों तरफ, सुनसान थी, रमेश के घर धूमधाम थी, नो डिस्टरबेंस का टैग लगाने की जरूरत नहीं थी, लॉकडाउन ने सारा इंतजाम कर दिया था,

किस्मत वाला था रमेश, जो मौज-मस्ती सुकून पाया,
कैसे लंबे टिके पर शोध कर पाया,
बाकियों ने अपना दिल जलाया, नरक पाया, पुरानी यादों ने भी गम ही दिया, तड़पाया, कुछ ने,
अपनी जवानी के दिन याद किए, बुझी हुई,
मरी हुई पाई, तब भी खुद को अकेला ही पाया,

नई दुल्हन को घर पर, खुद को कार्यालय में,
खुद को परेशानी से लटका हुआ, बीवी को सालों तड़पता पाया,
कुछ ने अपने चंद हसीन पल याद किए तो, खुद को हारा हुआ, फुँस-फुँस बम पाया,
कभी सास-बहू की लड़ाई में, कभी दहेज की खींचतान में फंसा अशांत, बेदम पाया,
तो कभी हताश बीवी को दूसरे की बाँहों में पाकर, खुद की नाकामी का दर्शन पाया,
हर रिश्ता प्यार और विश्वास से चलता है, असंतोष से टूट जाता है, का दर्शन पाया,

सच में बड़ा किस्मत वाला है रमेश, जो मौज-मस्ती कर पाया,
महीनों बीवी को संतुष्ट रख पाया,
पसंद की लड़की से शादी की, बीवी का भरपूर प्यार पाया,
खुद भी मोहब्बत लुटाई, घर को स्वर्ग बनाया,
रमेश से जलकर भी क्या फायदा, उसे मजे करने दो,
वह सिर्फ किस्मत वाला नहीं, कर्मों का सुफल थोक में पाया है,
अब पछतावे का क्या फायदा, जब चिड़िया चुग गई खेत,
पैसा ही सबकुछ नहीं, उसने मोहब्बत कर, मोहब्बत को पाया है,
चार दिन है जवानी के, उसने जी लिए, हमने गंवा दिए,
जो जैसा बोता है, वैसा फल पाता है, कांटे बिछाने वाले का जीवन कांटोवाला है,

लॉकडाउन की तन्हाई ने याद दिलाया, हम भूल गए थे, पर वह दुनियादारी में, उलझा नहीं,
महबूब को भूला नहीं, वह आदमी बड़े दिलवाला है,

रमेश ने लॉकडाउन का पालन खूब किया, बाहर निकला ही नहीं,
घर में ही, रसमलाई बनाई और खूब खाई थी,
निकला भी तो, कोरोना से बचने का पूरा इंतजाम था, बाहर वालों से कोसों दूरी बनाई थी, अंदर धूम मचाई थी,
बाहर मिला तो, मुंह पर मास्क, हाथों में ग्लव्स, सर पर हेलमेट,
शक्ल नहीं दिखाई, इशारों में चंद बातें कर,
ऊर्जा बचाई और मौज उड़ाई,
क्या बात करता हमसे, हम तो दुखी आत्मा हैं, हमारी बातें,
माहौल खराब करती, कोरोना और हमारे संक्रमण से,
उसने अपनी जान बचाई,
हम भी कैद हैं, वह भी कैद है, पर वह किसी की बाँहों में कैद,
प्रेम रतन धन पाया है,
समय बीत जाता है, दौड़-भाग में, पर उसने अच्छे पल पाकर,
तबियत से लुफ्त उठाया है,

काश! इंसान जिंदगी के कुछ पल लॉकडाउन कर पाता, जैसे संक्रमित कपड़े बाहर रखते हैं, चिंताओं को भी, घर से बाहर ही रख पाता,
कुछ मस्ती कर पाता, कुछ मौज उड़ा पाता, रमेश की तरह बिंदास होकर नाचता, बाहरी चोला उतारकर, जैसा है वैसा ही रह पाता,

उसको तो छप्पर-फाड़ दिया, क्वालिटी टाइम भगवान सबको देता है, कोई समझ नहीं पाता, समय नहीं निकाल पाने के कारण खाता है गच्चा,

सबको मिला, खुशियां पाने का मौका, पर हर कोई नहीं लगा पाता, मौके पर चौका, तैयार नहीं रहे तो, किस्मत कर देती है भौचक्का, हक्का-बक्का,

कुछ तो फंसे हैं बीबी-बच्चों से दूर, अकेले परेशान, अपने ही कुकर्मों के कारण, लड़ाई-झगड़ों की पुरानी यादों में, अंगारों पर चलने के कारण,

सबका दिल अब अपनों से मिलने को तड़पता है, भोजन की कमी भूखे को तड़पाती है, लाचारी और घोर निराशा में, बोझिल लॉकडाउन के कारण,

छोड़ो इनको, कोरोना की चिन्ता को घर में रहकर, एक मैं एक तू का खेल खेलो, प्यार करो,

जो होना है होकर रहेगा, प्रेम से रहेगा तो खुश रहेगा, लॉकडाउन में सतर्कता से खुद में सुधार करो।

12. मौके पर चौका

शर्मीली, बहुत शर्मीली थी, दुनिया के लिए बर्फीली थी,
पर अपने मर्द दोस्तों के लिए, नशीली और अतीली थी,
नया-नया प्यार, नया-नया खुमार, प्यार का बुखार था,
एक दिन की भी जुदाई, बेवफा सनम-सा अत्याचार था,
नया प्यार परवान चढ़ा ही था, चाहतों का खुमार अभी छाया ही था,
कि लॉकडाउन लग गया, ब्रेक लगाने, रातों में मजा अभी आया ही था,

तीन महीने दिल तड़पता रहा, कब खुलेगा बंद, मचलता ही रहा,
फोन पर इश्क चलता तो रहा, पर कल्पनाओं में दम घुटता भी रहा,
लॉकडाउन पर लॉकडाउन लगता रहा, मिलन का दिन धुंधलाता रहा,
कब मिलेगा मौका, आग लगे इस कोरोना में दिल चिल्लाता रहा,
कोरोना से ज्यादा जुदाई कहर बरपाती रही, प्यास बुझाने पानी नहीं, अम्लीय बारिश कराती रही
वीडियो-कॉलिंग में चेहरे के साथ सब दिख जाता था, बस खुद को इतने में ही समझाती रही,

चंद महीनों में, सालों की योजनाएं बनाई, कुछ योजनाएं इंतजार में दम तोड़ गई,
ऐसे मिलेंगे, ऐसे करेंगे, पर बंद खुलता नहीं, समय के साथ उमंगें उठी और उड़ गई,
फोन पर रोज नयी योजनाएं बनती और दम तोड़ जाती, बस योजनाएं थी, हकीकत तो जैसे- रूठ-सी गई थी,

हसरतें बहुत थी, स्वप्न लोक में रात-दिन रति थी, कोरोना ने
ऐसी-तैसी की तो उम्मीदें जैसे- टूट-सी गई थी,
धड़कनें काल्पनिक-सुख से ही संतोष कर लेती, अप्राकृतिक कृत्यों
से काम चला लेती, पर इससे आग और भड़क गई थी
लाइव देख सकते थे, एक-दूसरे को इतने से तसल्ली नहीं थी
चिपककर रहने की, हसरतें लॉकडाउन द्वारा लुट गई थी।

शर्मीली अकेली रहती, शहर में नौकरी करती, खूबसूरत साथ में
होशियार, सतर्क पर थोड़ी-सी ढ़ीली थी,
घर दूर, बॉयफ्रेंड दूर, पर हर रविवार, वीकेंड पर मुंह पर कपड़ा
बांधकर, प्यार के झरनों में पूरी भीगी थी,
पड़ोसियों से बोलती, लॉकडाउन खुलते ही घर चली जाऊंगी, आंखें
जुदाई से काली-पीली, वह ऊपर से सख्त, अंदर से गिली थी।
असल में वह घर तो कभी जाती ही नहीं थी, जाती भी तो, चेहरा
दिखाकर कहीं और ही चली जाती थी, रस की प्यासी, रसीली थी,
गर्मियों की छुट्टियां बर्बाद हो रही थी, हर साल की तरह इस
बार की मौज-मस्ती लापता थी, दर्द भरी रातें कांटों से भी ज्यादा
कटीली थी,
मन में बॉयफेंड से मिलने की तड़प, इस बार बहुत जबरदस्त थी,
इंतजार था बस एक मौके का, निकलने को तैयार कट्टे से गोली थी,

जैसे ही सरकार ने, लॉकडाउन में ढिलाई की, शर्मीली ने कॉलोनी
से विदाई ली, पिंजरे से छूट पंछी-सी उड़ गई,
पुरुष मित्र कार ले आया, बेशर्म शर्म-हया छोड़कर बैठ गई, परवाह
नहीं जमाने की, इच्छाएं वापस से उखड़ गई,

एक कमरे में खुद को बॉयफ्रेंड के साथ, क्वारेंटाइन कर लिया, सारी योजनाओं को प्रयोगशाला में प्रैक्टिकल कर, सिद्ध कर लिया, सतर्कता के साथ पूरी मेहनत और लगन से, मिलकर सारा काम निपटाया, एक-दूसरे को मजा चखाया, काम सिद्ध कर लिया, दिन-रात का फर्क दुनियादारी भूल गई, अंदर से खुशी के मारे फूल गई, उचक-उचक कर, उमंगों में झूल गई, चरम सीमाओं को धवस्त कर दिया,
14 दिन, दिन-रात एक कर, जी-तोड़ मेहनत कर, प्राप्त सिद्धि से परमानंद पाया,
जिंदगी भर का मजा क्वारेंटाइन में जम कर लिया, बाहर सबको कंटेनमेंट सेंटर में बंद कर, अंदर अपनी मर्जी का कर, सब कुछ खोल-सा दिया,
लॉकडाउन में जिंदगी को जिया, खुशियों के फव्वारे छूटे, 10 बाय 10 की दीवारें कांपने लगी, जमीन में कंपन मचा, भूकंप ला दिया, ऊपर वाले के घर देर है अंधेर नहीं, देर से पर भरपूर दिया, शर्मीली भी मौके पर चौका लगाकर, छक्के छुड़ाती है, नारी शक्ति का परिचय देती है,
प्यासे को ही पानी की कीमत समझ आ पाती है, जैसे- प्यास तड़पा-तड़पा कर जान ले लेती है, वैसे ही शर्मीली, बांध तोड़कर, सब कुछ बुझा देती है,

मस्तानी लॉकडाउन, आर्थिक मंदी, कोरोना, किसी से नहीं डरती, जितने मजे जिंदगी से चाहती है, उससे कहीं ज्यादा मौके भुनाकर, जी ही लेती है।

13. जिंदगी का जंगला

कामिनी ने, प्रेम-विवाह किया था, तब जुनूनी वक्त था,
पति भी फौलाद की औलाद था और अंदरुनी सख्त था,
शक्ल-सूरत से तो, चिंपांजी था, फिर भी लड़कियों में नामचीन था,
तंबाकू, गुटके, शराब, कबाब के साथ शबाब का भी बड़ा
शौकीन था,
शुरू-शुरू में, हैवान का उतावलापन, कामिनी को बहुत पसंद
आता था,
जालिम भी पहाड़ चढ़कर, उतरता ही नहीं था,
बहुत पसीना बहाता था,
चोटियों को फोड़ देता, नदियों को मोड़ देता, बांधों को तोड़ देता था,
एक बार शुरू होता, तो दम नहीं लेता, सारे कीर्तिमान, तोड़ देता था,

वह तो जैसा था, आज भी वैसा ही है पर परिस्थिति बदल गई,
नौकरी लगते ही कामिनी, कमीनी-सी होकर, थोड़ी-सी बदल गई,
अंदरुनी सुंदरता को भूलकर, बाहरी दिखावटी दुनिया में खो-सी गई,
दूसरों की बातों में आकर, समाज में सामाजिक होकर,
जकड़-सी गई,
दाल-रोटी में, घर में मस्त-मजा आ रहा था, पर बाहर जाकर
नौकरी कर ली,
हजारों किलोमीटर दूर नियुक्ति स्वीकार कर, घर उजाड़कर
ऐसी-तैसी कर ली,
पति ने साथ निभाया, अरमानों को भी नहीं छोड़ा, पर उसके
महबूब ने, व्यस्तता को प्राथमिकता दी,

पति के प्यार, सुख से ज्यादा बेवकूफ ने, दूसरों की छींटाकशी और आदमी के निकम्मेपन को अधिकता दी,

कामिनी झरझरी नहीं, रसभरी गजब की खूबसूरत थी,
शक्ल से अति मनमोहक, कामदेव की बनाई मूरत थी,
बड़ी-बड़ी आंखों में, मादकता, नशा था, किसी को भी वश में कर सकती थी,
मोटे-मोटे होंठों में खूनी-लाली थी, कयामत को भी शर्मिंदा कर सकती थी,
चमकती-दमकती, चटकीली-मटकीली काया को, बनाने वाले ने क्या खूब तराशा था,
खास अंगों को उभारकर नुकीला किया, कहीं गोल, कहीं गहरा मीठा बताशा था,
लचकदार चाल में शास्त्रीय संगीत था, कोटी-कोटी से श्रृंगार रस टपकता था, उसका पति किस्मत वाला था,
सिर्फ ऊपर वाले ने कमाल नहीं किया, बांसुरी रमाकर, आम पकाकर, जादू पैदा करने वाला, उसका पति था,

कामिनी बेशक सती-सावित्री थी, पर समझ नहीं पाई स्थितियों को,
वह भूली नहीं थी, खुशियों के पलों को परमानंद की अनुभूतियों को,
खुद समर्थ बनकर, निकम्मे पति को भी समर्थ बनाना चाहती थी,
अनजाने में ही जिस पर जान लुटाती थी, उसको बदलना चाहती थी,
बेचारी, परवाने के समर्पण को भूलकर, जान लुटाना, बेवकूफी, समझने लगी,

काम के बोझ में दबी, लोगों की जलन को खुद की कमजोरी समझने लगी,
हरकतों से परेशान होने लगी, शरारतों से तंग होने लगी, पति के बेहिसाब प्यार को झेल नहीं पा रही थी,
दफ्तर में थककर चूर-चूर होकर, घर में प्रेम का बहिष्कार कर,
ठंडी जवानी को गरम नहीं कर पा रही थी,
अब वह, तराजू में पैसे और इज्जत को इश्क-मोहब्बत से ज्यादा तौलती थी, परवाना, परेशानी समझकर बदलने भी लगा था,
गुस्से में मति खोकर वह बिगड़ी तो, जिद्दी सनम की जिद्द पर,
नौकरी की तलाश में निकला, तभी लॉकडाउन भी लगा था,
किस्मत फूटती है तो, फूटती ही चली जाती है, अब कामिनी के पास, समय तो बहुत था, पर महबूब लॉकडाउन में फँस गया था,
अकेली प्यासी-तड़पती थी, अब मन करता था, प्यास-बुझाने बुलाती भी थी, पर मस्ताना कैसे आता, कोरोना पेंच में फँस गया था,

पहले महीने आत्ममंथन किया, खुद को दोषी पाकर मुंह उतर गया,
दूसरे महीने सजा-ए-जुदाई नासूर बन गई, जड़ होकर मन मर गया,
तीसरा महीना आते-आते प्राण सूख गए, मंगला का जंगला हो गया,
सुख-शांति खोकर, शरीर भी सूख गया, जंगला लगा बंगला हो गया,
जैसे- सूखी जमीन बारिश की बूंदों को तरसती है, जलता बदन, भीगना चाहता है,
जैसे- फालतू पड़ा बाजा, जंग खाकर, फटा बांस होकर भी सुरीला गाना चाहता है,

कामिनी की कामुकता मुरझा गई, मादकता पानी हो गई, मस्तानी मजबूर हो गई थी,
क्रीम-पाउडर उतरा तो चहरा लाल हो गया, अंग-अंग टूटा,
रो-रोकर चूर-चूर हो गई थी,
देसी धमाके की याद में, मस्त पटाखा अब अंदर ही अंदर, घुनकर, फुँस-फुँस, हो रहा था,
पर, फटा नहीं प्राण नहीं निकले, विश्वास सांसों को चलाता रहा,
अनलॉकडाउन का इंतजार हो रहा था,
पैसों के लिए ऐसी भाग-दौड़ किस काम की, जो लड़ाइयां कराकर, दिलों का शटर-डाउन करा दे,
ऐसी झूठी सामाजिक प्रतिष्ठा और सफेद पोशी किस काम की, जो अपनों का लॉक डाउन करा दे।

14. नाकाफी प्यार

पीहू ज्यादा सुंदर तो नहीं, पर गठीली थी, तड़क-भड़क तो थी, पर सधी हुई थी,
भोला पति, अंदर से पोला, पर आदमी अच्छा था, उसकी सादगी से बंधी हुई थी,
पीहू का समर्पण, सालों पति को पोषित करता रहा, पति परमेश्वर को पूजती रही,
पर भोलाराम उसको, कभी कुछ नहीं दे पाया, उमंगें ध्वस्त हो गई, लौ बुझती रही,

पीहू की शहर में नौकरी लगी तो, उदासीनता से बाहर निकल आई,
दुनिया को समझा तो, अपनी जिंदगी, मृत समान जिंदा लाश पाई,
उम्र के साथ, अंगों में कुछ कसावट, कम जरूर हुई थी, पर तरंगें उठ गई,
जो कुछ छुटपुट मौकों पर, खुशी के पल मिले, तो भूख, हड़ताल से उठ गई,
भोलाराम समझ गया कि, पीहू खुश है आत्मनिर्भरता से, खुशी के साथ संतोष भी मिलता है,
उसने शक नहीं विश्वास किया, प्रतिकार नहीं इंतजार किया, मौका दिया, समय सबको बदलता है,
पीहू को भी शुरुआती धोखों ने सतर्क कर दिया, उसकी इच्छाओं को थोड़ा-सा संकुचित कर दिया
फिर एक दिन उसको, एक विश्वासपात्र हमराज पड़ोसी मिला,
उसने बड़ा आश्चर्य चकित कर दिया

वो धीरे-धीरे करीब आकर, परिवार का हिस्सा-सा हो गया, वह भी शादीशुदा था, आना-जाना चालू हो गया,
भोलाराम यह खेल समझता था, पर पीहू पर भरोसा था, शहर उसे नहीं भाया, गांव का ही लुल्लू हो गया,
भोलाराम का विश्वास, पीहू की तपस्या के फलस्वरूप था, पत्नी के सतीत्व से अच्छा आदमी बन गया था,
पड़ोसी, भोलाराम के अतीत-सा, मौके का फायदा उठाता, कमजोरियाँ भाँपकर उनका इलाज बन गया था,

भोलाराम को भोला समझने की गलती मत कर देना, उसे सीधा-साधा बेवकूफ मत समझना, वह भी एक शिकारी था,
एक जमाने में बड़ा खिलाड़ी था, कच्ची-कलियों, मस्त-भाभियों को अपनी धुन पर, नचाने वाला सफल मदारी था,
आज भी वह उड़ती-चिड़िया के पंख गिन लेता है, पीहू की बदलती चाल और अंजाम को समझकर, प्रण कर लिया है,
अब वह सूँघ तो सकता है, सबक नहीं सिखा सकता, समय के साथ उसने अपने हालात समझकर, तरीका बदल दिया है,

बचपन की गलतियों के कारण, अप्राकृतिक कृत्यों के कारण, अत्यधिक उपयोग के कारण, टेढ़ी चाल ने गर्त में गिराया है।
भोला को लुल्लू, ईश्वर ने जन्मजात नहीं खुद के दुष्कर्मों ने, बरसों की नाकामी ने, टेड़े से सीधा आत्मज्ञानी बनाया है।
वह अच्छे से जानता था, पीहू की क्षमताओं को उसने तो सिर्फ,

उस शेरनी को, पट्टा पहनाया था, जिसके मुंह खून नहीं लग पाया था,
जिस शेरनी के मुंह खून नहीं लगता, उसे सर्कस में नचाया जा सकता है, खूनी हाहाकार-भगदड़ मचा सकती है, आत्ममंथन से ज्ञान पाया था,
पीहू की जंगली-जवानी दम तोड़ रही थी, सोने के पिंजरे को छोड़ उड़ जाने आजादी पाने की इच्छा थी, उम्र के इस पड़ाव में, आखिरी मौका था,
भोलेपन की आड़ में, भोला ने बेचारी को, बहुत पीड़ित कर दिया था, वह बरसों से अंजान दर्द झेल रही थी, झूठा प्यार भी, आखिर धोखा था,

पीहू का बरसों समर्पण, नाकाफी प्यार नाकामियों को छिपाने का अथक प्रयत्न, हमराज, हमदर्द सहारा बनकर, साथ निभाना, उसका बदल गया,
वह भी, पीहू को सुख देना चाहता था, इसलिए एक बार फिर उसने गलत रास्ता चुना, पर जिम्मेदारी समझकर आखिरी जोखिम भरा पैंतरा चल गया,
उसे आज भी पीहू पर विश्वास था, हद पार नहीं करेगी, करेगी तो, धोखा खाएगी पछताएगी, आत्ममंथन कर नए विकल्पों की तलाश में निकला था,
ढलती उम्र की असंतुष्ट भाभियों के मुंह खून लगाकर, शिकारी ना सिर्फ मजे, बल्कि इज्जत, पैसा, सम्मान भी लूटते हैं, अभेद सुरक्षा कवच बनने निकला था,

दुआ करता था उसे, मुझसे बुरा इंसान ना मिले, मैंने हमेशा मजा दिया, कभी किसी का मजा लिया नहीं, उन्हीं की दुआओं से, पीहू ने समर्पित प्यार दिया था,
अब कुर्बानी की खुद की बारी थी, आग में जलकर पीहू को पकाना था, डरता तो था, पर पीहू की समझदारी पर विश्वास था, आखिर अंधा दांव लगा दिया था,

दूसरों को मजे देने में उसने खुद को कुर्बान कर दिया, गोली, कैप्सूल, इंजेक्शन के नशे में, पुर्जों को बेकाम कर दिया, गलाकर पूर्णतः नाकाम कर दिया था,
पीहू को सफर पर निकाल यात्रा प्रारंभ की, आत्ममंथन से कुछ नहीं पाया तो, सद्‌गुरुओं की शरण ली, चुभते सवालों का जवाब पाकर खुद को धन्य कर लिया था,
समय लगा, पर नुस्खा अचूक पाया, यह ज्ञान उसे, उन्हीं औरतों ने दिया, जिनको कली से कमल बनाया था, दादी-अम्मा का नुस्खा काम आया,
भूली-बिछड़ी महिला मित्रों ने, असंतुष्ट पीहू की भटकन को आप बीती समझा, समय पर प्राप्त सुख के बदले भोला को राज बतलाकर आत्मज्ञान कराया,
प्राप्त ज्ञान से समझा, प्यार में औजार नहीं, समर्पण, दबाने की नहीं, बिछ जाने की जरूरत है, औरत को सख्त-वार से नहीं, प्यारे कोमल स्पर्श से परमानंद प्राप्त होता है,
अब समझा, अपनी कमजोरियां छिपाकर, बरसों से गलती कर रहा था, यह नौबत ही नहीं आती अगर, झुककर सच बता देता, प्यार में समर्पण से दुख समाप्त होता है,

पहले ही आत्म साक्षात्कार कर लेता की, नहीं हो पाएगा, तो बार-बार नाकाम होकर, निराश-हताश, उदासीन होकर, खुद के साथ पीहू को भी, नरक का भागी नहीं बनाता,
चूक का कारण अहंकार और अहंकार टूटने पर नकारात्मकता थी, निडर होकर मन की बात मन में ही नहीं दबाता तो, इलाज पाता, जख्मों को नासूर नहीं बनाता,
जीभ स्वाद लेने के साथ, स्वाद चखाने के लिए भी है, औरत भूचाल मचाने वाले मूसर से या आहिस्ता से किए स्पर्शों से, कैसे भी बस, तड़प-तड़प कर टूट जाना चाहती है,
भ्रम है की औरत को तेज धार, जबरदस्त वार, मजबूत हथियार से ही, सबक सिखाया जा सकता है, जबकि वह दयालु तो, मर्द को जिताकर खुद हार जाना जानती है,

सनकी, खोजी, भोला को जैसे महाज्ञान मिल गया था, अब तो वह, पीहू के पैर पकड़कर, नीचे बिछकर, खुद मिटकर, सुख सागर बन जाना चाहता था,
सफलता का विश्वास था पर, अचानक लॉकडाउन से वह गांव में, पीहू शहर में फंसे थे, कैसे भी जल्दी से, हमसफर की मंजिल बन जाना चाहता था,
अड़ंगा लगा तो, विश्वास और बढ़ाया, समय मिला तो, जंग लगे औजारों को, तेल-पानी पिलाया, सकारात्मकता से पीहू को भी स्वयं को खोजने देना चाहता था,
पुराना वक्त लौटकर नहीं आता, पर मनोबल से मरम्मत कर, प्रेमयुक्त थप्पियों से मृत शैय्य पर पड़े अरमान जगाकर, स्पर्श की महिमा से कृपा पाना चाहता था,

उधर पीहू को छुप-छुप कर मिलने में मजा आने लगा, मस्ती-सी छाने लगी, बाकी सब धुँधलाने लगा,
मिलन की मस्ती में इतना मस्ताने लगी कि रोक-टोक लगाने वाला समाज, दुश्मन नजर आने लगा,
धीरे-धीरे दोनों का अलग रहना मुश्किल से भी मुश्किल होता चला गया, दो शरीर एक जान का माहौल बनने लगा,

पड़ोसी की भी समस्या पीहू जैसी ही थी, उसकी बीवी, गंदी और ठंडी थी, ऊपर से झगड़ा भी करती थी,
दोनों एक ही पीड़ा का इलाज मिलकर कर रहे थे, नए-नए शोध कर रहे थे, कामयाबी भी मिल रही थी,
पर अब आग की भट्टी में पड़ोसी जलने लगा था, बोलता तो नहीं था, पर बेहिसाब लपटें, उसके शरीर को फूँकती जा रही थी,
लंबे लॉकडाउन का पीहू पर भी फर्क पड़ा, उसकी मचलती जवानी शांत होने लगी, मन भी भर गया,
पर संतोष नहीं मिला, पड़ोसी की टूटती हिम्मत पर, उसे भी तरस आया, बंद खुलते ही वह भाग गया,
पर टूट कर बिखरने से पहले, भोला भागा-भागा आया, अपनी महबूबा को बाँहों में समेटकर संभाला, स्वर्ग की सैर कराते हुए, आत्मज्ञान भी कराया,
अहंकारी झुक नहीं सकता, मात्र प्रेम ही पत्थर पिघला सकता है, हीरे को जला सकता है,
अद्‌भुत अविनाशी, अपराजित नाग-सी जीभ का हुनर दिखाकर आदमी अंधेरे बिलों में भी प्रकाश ला सकता है,

खुशियों की झड़ियां लगाने, बुझे दीपक जलाने, भोलाराम ऐसा लौटा की, पीहू हक्की-बक्की होकर, चिल्ला-चिल्ला कर ततैयाँ हो गई, शारीरिक भूख तो, कभी नहीं मिटती, पर आत्म साक्षात्कार के बाद, भोला के आत्मिक स्पर्शों से प्राप्त सुख से, झोली भरकर तलैयाँ हो गई, आत्मज्ञानी भोला के ज्ञान में नहाकर शुद्ध हो गई, भोला की जबान ने, तंज नहीं कसे, अपितु आत्मा को अपराध बोध से मुक्त करा गई, पीहू की रूह, थर-थर कांपकर पापमुक्त हो गई, मोह मुक्त होकर परमानंद प्राप्त कर गई।

15. भटा

रेशमा की उम्र कच्ची थी, पर रेशू कच्ची कली नहीं थी,
रेशमा से रेशू होकर, ठुक-पीटकर पक्की हो गई थी,
वैसे तो रेशू के कई बॉयफ्रेंड थे, स्वयंवर रखती थी,
पर एक समय में, केवल चार-पांच ही सक्रिय रखती थी,
समय के साथ कुछ को छोड़ती जाती थी, कुछ को अपनाती जाती थी,
रेशू की जिंदगी मस्त चल रही थी, गुलामों के कारण मस्ताती जा रही थी,

रेशू की सल्तनत की सफलता के चार प्रमुख स्तंभ थे,
पहला उसका, तरीके से तराशा हुआ अद्भुत हुस्न था।
दूसरा बेबाक अंदाज, बोल्ड अवतार, अनियंत्रित जुनून था,
तीसरा उसका गुरूर था, आत्मविश्वास था, चालाक दिमाग था,
और आखिरी पैसों को अहमियत देने वाला जालिम दिल था,
दोषी रेशमा नहीं, कली को मसलकर रेशू बनाने वाला कातिल था,

रेशमा जब गांव से शहर आई, तब भोली गाय थी,
रमेश ने भावनाओं के जाल में फंसा, शिकार बना लिया था,
महीनों रस चूसा, फिर दूध से मक्खी की तरह निकाल फेंक दिया था,
इतना तो रेशमा झेल नहीं पा रही थी, ऊपर से ब्लैकमेल भी किया था,
उसके दोस्तों ने भी फायदा उठाया, जान बचाकर बेचारी ने शहर ही छोड़ दिया था,

नए शहर में समझ गई कि सारी दुनिया ऐसी ही है, भोलेपन को उतार फेंक दिया था,

ऐसा नहीं कि सारे लड़के, आदमी, मर्द बुरे होते हैं,
कुछ अच्छे, कुछ बुरे, कुछ बहुत बुरे, बेदर्द होते हैं,
कुछ इंसान नहीं हैवान होते हैं, जो आज भी रेशू को रेशमा बना सकते हैं,
हैवानों से आज भी बचती है, ऐसे नीच किसी का भी खेल खत्म कर देते हैं,
कुछ बुरे पर अक्ल के कच्चे लड़के, जिनका दिमाग नीचे होता है,
वही रेशू का पसंदीदा, उपयुक्त सरल और सुरक्षित शिकार होता है,

रेशू धंधा नहीं, कुछ भूख मिटाने, कुछ खुन्नस मिटाने के खेल खेलती थी,
उम्र के साथ मंदा हो सकता था इसलिए कॉलेज में पढ़ाई भी करती थी,
अच्छी विद्यार्थी थी, गलतियों से सीखती थी, शिक्षक भी थी, अच्छा सबक सिखाती थी,
मोहल्ले में आश्चर्यजनक रूप से, अपनी इज्जत बरकरार रखते हुए, संभल कर रहती थी,
दिखाने के लिए एक विद्यालय में पढ़ाने भी जाती थी, असलियत छुपाकर, सती-सावित्री संस्कारी बनी रहती थी,
दान पुण्य भी करती थी, कच्चा, अच्छा-बच्चा फँस जाता था तो, मुक्त-सुख के साथ, माफिक-ज्ञान भी दे देती थी,

रेशू अपने अंदर की रेशमा को हमेशा जिंदा रखती थी, उसका अच्छे से लालन-पालन पोषण करती थी,
हर रेशमा को एक रेशू की जरूरत है, गुलाब के साथ, कांटे भी उगते हैं, कीचड़ कमल को स्थिर करती थी,
कड़वे हालातों में भी रेशमा का एक दोस्त, हमदर्द-हमराज था,
जिसकी मीठी बातों में, वह अपना बचपन जी लेती थी,
वह भोला-भंडारी थोड़ा-सा बेवकूफ था, रेशू इजहार नहीं करती पर, प्यार की दो-चार बातों से मन-हल्का कर लेती थी,

लॉकडाउन लगने के बाद, रेशू का व्यापार चौपट हो गया, सब कुछ बिल्कुल बंद हो गया,
फोन के सहारे बेचारी जिंदा थी, बाहर आना-जाना कॉलेज, स्कूल सब बंद हो गया,
रेशू ने सबको फोन लगाकर बुलाया, पर कोई नहीं आया, सब बिल में छुपे थे, खौफ क्षण भंगुर सुख से अधिक था,
रेशू को तड़पते देख, रेशमा को कुछ भी समझ ना आया, उसने आखिरी उम्मीद में, अपने भोले-भंडारी को फोन लगाया,
तब भोला ने अपने हाथ के चमत्कार की महिमा गाकर, रेशमा के इलाज का सुरक्षित, लगभग कारगर नुस्खा बताया,

भोला, भोला जरूर था, पर बहुत सतर्क और समझदार था,
उसके सारे दोस्त अस्पताल में थे, कोरोना से संक्रमित थे,
कोई एक किस के कारण, कोई कॉफी की सिप के कारण संक्रमित था,

कुछ तो, जरा-सा छू कर ही, तो कोई पूरी प्यास बुझाकर संक्रमित था,
एड्स का इलाज तो, कंडोम है पर, कोरोना लाइलाज संक्रमण
फैलाता है,
भोला, रेशमा को सच्चे दोस्त की तरह, जिंदगी की सच्चाई बताता है,

भोला ने लॉकडाउन में खुद को खुद से ही सुख देकर, सुरक्षित
बचाया था,
अपने हाथ की महिमा पहचान कर, हाथों का सही उपयोग
समझाया था,
अपनी सुरक्षा, अपने हाथों में लेकर खुद को आत्मनिर्भर बनाया था,
सुख पाने के और भी सुरक्षित तरीके हैं, उनको सुरक्षा कवच बनाया था,
रेशमा ने भी बात को सही समझा, आत्मज्ञान पाया, अब खुद को
और रेशू को सुरक्षित बनाना था,

भोला ने भी चेताया था कि यह इलाज अधूरा है, पर कुछ समय
तक, सुरक्षात्मक रूप से मस्त कर देता है,
इसके कोई विपरीत बुरे परिणाम भी नहीं है, अप्राकृतिक है पर,
अनैतिक नहीं है, हाँ, कोरोना से पूर्णतः सुरक्षा प्रदान कर देता है,
उधर रेशू को अटैक पर अटैक आ रहे थे, ज्यादा ज्ञान बटोरने का
समय नहीं था, जितना समझ पाई, पहले उतनी जुगाड़ लगाई,
पक्का इलाज बाद में कर लेंगे, अभी जान बचाना जरूरी था।

16. अनैतिक कतारें

शरीफ अमीरों के मोहल्ले में, एक लड़का कोरोना पॉजिटिव निकला था,
घर में वह अकेला संक्रमित था, कुछ लिंक समझ नहीं आ पा रहा था,
ना तो वह विदेश गया था, ना ही घर का कोई भी व्यक्ति लापरवाह था,
पुलिस ने बहुत पूछताछ की, पर संक्रमण की कतार का पता हवा था,

मोबाइल, लैपटॉप पर लड़के के दोस्तों की, जांच पड़ताल की गई,
फिर कुछ खास दोस्तों की, धरपकड़ कर उनकी कोरोना जांच की गई,
उसके चार-पांच दोस्त, संक्रमित निकले तो, पूछताछ और कड़ी कर दी गई,
और जब उनमें से सबसे असहाय गरीब पर डंडे पड़े तो, अमीरों की पोल खुल गई,

दरअसल उस गरीब की किस्मत से, एक सुंदर महिला मित्र थी,
जिस पर अमीरों की, चार बिगड़ी औलादों की बुरी नजर थी,
गरीब को पैसों की जरूरत थी, अमीरों को हुस्न की लत थी,
पर, बदकिस्मती थी सबकी, जो वह लड़की कोरोना संक्रमित थी,

ऐसी ही एक सती-सावित्री, इज्जतदार, अमीर महिला कोरोना पॉजिटिव निकली,

पुलिस ने बहुत समझने की कोशिश की, कोरोना की घुसपैठ की जांच पड़ताल की,

पति को पत्नी पर पूर्ण विश्वास था, लॉकडाउन में ना वह बाहर
जाता था, ना पत्नी कभी बाहर निकली थी,
पुलिस जिम्मेदार, आज्ञाकारी नागरिकों पर, शक कैसे कर सकती
थी पर, संक्रमण की पोल कहीं तो, छुपी थी,
आस-पड़ोस में पूछताछ, संक्रमण की जांच इत्यादि कराई गई,
पुलिस को मेहनत बेकार ही लग रही थी,
पर एक पड़ोसी लड़के की रिपोर्ट पॉजिटिव निकल आई, उसकी
सफेद पोश, गोल-मोल बातें शक पैदा कर रही थी,
लाठियां भांजी, तब भोली-सी सूरत का लड़का वहशी, असंतुष्ट
भाभियों का तगड़ा शिकारी, शौकीन और भाभी जी रंगीन निकली,
मोहल्ले की सभी मस्त भाभियों की जांच कराई, तब जाकर
नामर्द पतियों के साथ, सभ्य समाज की रिपोर्ट भी संगीन निकली,
कोरोना की कड़ियों को जोड़ने के लिए, संक्रमित व्यक्ति से संपूर्ण
जानकारी, जानकर ही सफलता मिल सकती है,
पर कुछ केस अनैतिक होते हैं, अगर उन्होंने, अपने कुकर्मों को
बता दिया तो, सारी इज्जत खाक हो सकती है,
इंसान ऐसे संबंध क्यों बनाता है, यह तो एक रहस्य है, पर सच
को छुपाकर क्या संक्रमण फैलाना भी जरूरी है?
कोरोना काल में तो, ऐसे आदमी और औरत, अपनी लत पर
नियंत्रण रख ही सकते हैं, ऐसी भी क्या मजबूरी है?

ऐसे ही अनियंत्रित, असामाजिक, अनैतिक संबंधों ने संक्रमण की
कतार की खोज को, अनसुलझा रहस्य बनाकर छिपाया है,

ऐसे रहस्यों का मूल, ज्यादातर इतना गंदा, गिरा हुआ होता है कि समाज ने भी पचड़े में ना पड़कर, पाप को राज बनाया है,
अभी भी वक्त है सुधरने का, अपनी नियत पर, लगाम कस सुरक्षित बच निकलने का,
नहीं तो वक्त है कोरोना आँधी में, सभी दबे-छुपे रहस्य उखड़ने का, पापी-घड़ा फूटने का,
कोरोना बड़ा बेशर्म है, किसी को नहीं छोड़ेगा, सारे छुपे-राज उखाड़ फेंकेगा, गहरे दबे रहस्यों का गला घोंटकर, जमीन में ही गाड़ देगा,
सिर्फ अनैतिक संबंध ही नहीं, सारे अनैतिक समाज के संपूर्ण विनाश की बारी है, कोरोना किसी को नहीं छोड़ेगा, सबका भांडा फोड़ देगा।

17. रेड लाइट, सुधर जाओ

कोरोना एक बीमारी है तो, आदमी की गर्मी बड़ी बीमारी है,
कोविड-19, महामारी है तो भूख, प्यास, तड़प हत्यारी है,
भूखे को भूख लगती है, तो वह खाना तलाशता है,
प्यासा, प्यास बुझाने को कुँए की ओर भागता है,
लतीले को तड़प मचती है, तो वह नो एंट्री में भी एंट्री मारता है,
जिसके पास व्यवस्था है, तो ठीक है, आवारा इधर-उधर मुंह मारता है,
रेड लाइट तो सिर्फ वाहनों को रोकती है, जबकि रेड लाइट वाली ने समाज को सुरक्षित बनाया है,
समाज की गर्मी, बहिष्कृत नगर देवियां झेल जाती हैं, आग से खुद को जलाकर संसार को बचाया है,

पहले के जमाने में नगर देवियों को, बहुत आदर और सम्मान दिया जाता था,
गांव, शहर के बाहर, इन समाज सेविकाओं का भव्य मंदिर बनवाया जाता था,
अति खूबसूरत देवियां, अभूतपूर्व आकर्षण से, समाज की बुराइयाँ खींच कर खुद में समाहित कर नष्ट करती थी,
परोपकार का कार्य अपनी खुशी से करती थी, समाज सेवा की भावना प्रबल कर, हुनर का प्रदर्शन करती थी,
इस कला को शास्त्रीय-संगीत, शास्त्रीय-नृत्य, आश्चर्यचकित कर देने वाली, भाव-भंगिमा सहित, प्रेम की मूर्ति समान पूजा जाता था,
शादी-विवाह, जैसे- सामाजिक कार्यक्रमों में, इनको ससम्मान, गर्व के साथ बुलाकर, शुभकामनाएं प्राप्त कर, भव्यता को भी बढ़ाया जाता था,

पर इंसान की बढ़ती हैवानियत ने, आक्रमणकारी-अत्याचारियों ने, सत्ता के भूखे सत्ताधारियों ने, ऊपर से नीचे तक, डूबे लालची लोगों ने,
संस्कृति को लूटा, नगर-देवियों, घर की औरतों को लूटा, मान-सम्मान, आत्मसम्मान लूटा, आपसी-फूट में, लुटेरे विस्तार वादियों ने,
संगठित समाज के स्तंभों को तोड़ा, अपने रंग में रंगकर, ना घर का ना घाट का छोड़ा, इज्जत के साथ हमारे गुरूर को भी लूटा,
अच्छाई को बुराई बनाकर, कर्म-प्रधान समाज को धर्म और जातियों में बांटकर, आपस में लड़ाकर, लूटपाट मचाकर खूब लूटा,
लुटेरा तो लुटेरा होता है सिर्फ लूटता है, कभी कुछ बनाता नहीं, हम ही, अपनों को लूटकर लुटेरे बन गए, समाज टुकड़ों में टूटा पड़ा है,
इंसानियत दम तोड़ गई, नगर-देवियां सम्मान खो गई, औरतें लुट-पिट कर भोग की वस्तु हो गई, आदमी अधकटा-अर्द्धनारीश्वर-सा तड़पता है,

पहले बलात्कार नहीं होते थे, घर की औरतें, नगर-देवियां मिलकर, प्रेम को हवस नहीं बनने देती थी, हवस को प्रेम बनाकर ही दम लेती थी,
पर आज औरतें घर में ही सुरक्षित नहीं है सर से पांव तक ढंकने के बावजूद, नियत चुभती है, लाचारी में बेचारी आत्मसमर्पण कर देती है,

औरतों को खरीद-बेच कर, जबरदस्ती लूट मचाकर, रंडी बनाया है
ठेकेदारों ने, अबला के हक छीनकर, जवानी में लाचार, बुढ़ापे में
बेकार बनाया है,
चकले में तो, बोटियाँ नोंचने की खुली छूट है, घर में भी गुलामों
से बदतर है, हवस, घरेलू-हिंसा, शैतानियत से रस चूसकर, फालतू
सामान बनाया है,
कोरोना के संक्रमण से पहले ही इंसान बुराइयों से संक्रमित है,
उपनिवेशवाद, साम्राज्यवाद से ही इंसानियत का दमन होना शुरू हो
गया था,
इंसान इतना खोखला हो चुका है कि कोरोना, जैसे कई लूटने की
फिराक में हैं, आधुनिक काल में आते ही शिकारी से शिकार हो
गया है,
इंसान ने ज्ञान तो पाया पर जागृति नहीं आ पाई, विज्ञान संभाल नहीं
पाया, रोटी बाँटी नहीं गई, ज्ञानवान लूट रहे हैं और बेवकूफ लूटते
जा रहे हैं,
समुद्र-मंथन से निकला विष तो, महादेव ने पी लिया था, पर
अधूरे-ज्ञान, मक्कारी में किए शोध से बलात्कारी-अत्याचारी,
कट्टरपंथी-कोरोना निकलते जा रहे हैं,

अधूरा ज्ञान, अज्ञान से ज्यादा खतरनाक है, हमने ऐसे ज्ञान से
उत्पन्न, एटम बम भी देखे हैं, बम फेंकने वाला अज्ञानी भी देखा है,
कोरोना एक आत्मघाती बम है, जिसे मानवता ने मिलकर बनाया है,
हमने विश्व युद्ध भी देखे हैं, अब कोरोना युद्ध भी देखा है,

विश्व स्वास्थ्य संगठन बोलता है कि, भारत में रेड लाइट एरिया, न बंद होने के कारण, लगभग 75% कोरोना केस बढ़े हैं,
विश्व स्वास्थ्य संगठन को कितना समझ आता है, पता नहीं
चीन-अमेरिका, हिंदू-मुस्लिम छोड़ो, सभी केस अधूरे ज्ञान से बढ़े हैं,
आज रेड लाइट एरिया, गुटका-थूकने की जगह है, जिससे समाज साफ-सुथरा तो दिखता है, पर कोठे-चकले, संक्रमण के केंद्र बन गए हैं,
विश्व में हर जगह कोरोना की तरह, अनेक रूपों में देह व्यापार होता है, पर केवल, गरीबों के मुंह मारने की जगहों पर ही क्यों वार किए गए हैं?
वार रेड लाइट एरिया पर नहीं, गरीब पर ही है, गरीबों में संक्रमण फैल सकता है, क्योंकि 200/- रुपये पट्टी की रंडियों को, कोठों में, ठूस-ठूस कर रखा जाता है,
दिन-रात बेचारी, दुकान खोले रहती हैं, गरीब प्रवासी-मजदूर या बेरोजगार, कुछ पैसों के बदले प्यास बुझाकर, अन्जाने में कोरोना का व्यापार फैला जाता है,

बेचारी आज भी, समाज सेवा ही कर रही है, पर बदनाम गलियों के कोठे-कोठियों में, आज रंडियों की स्थिति बद से बदतर और दयनीय बना दी गई है,
ज्यादातर को जबरदस्ती ठोक-पीटकर, बलात्कार कर रंडी बना दिया गया, बाकी दूसरों की स्थिति देख, डरकर हथियार डालकर, चालू फैक्ट्री बन गई है,

कोठों में भेड़-बकरियों, मुर्गियों की तरह, इन्हें ठूसा है, 6 बाई 4 की कुठ्ठइयों में देह व्यापार चलता है, दिन-रात मेला-सा लगा रहता है, बेबस-बेचारी, भूखी-प्यासी, चौबीसों घंटे लगी रहती हैं, सोने को भी नहीं मिलता, गुलामों को कुछ नहीं मिलता, हर कोई लूटता रहता है,

सेठ-सेठानी आलीशान बंगलों में रहते हैं, ऑडी-मर्सिडीज में घूमते हैं, इज्जतदार हैं, भूखी-रंडियों की कमाई खाकर, बेरहम मस्त रहते हैं, कच्ची-कलियों को क्रीम-पाउडर लगाकर-अमीरजादों, व्यापारियों, नेता नगरी में कॉलगर्ल, एस्कॉर्ट बनाकर संक्रमण फैलाते रहते हैं, हां, रेड लाइट एरिया से संक्रमण फैल सकता है पर इसमें बेचारी वेश्याओं का कोई दोष नहीं है, असल दोष तो, हवसियों और हवस के ठेकेदारों का है,
जैसे सरकार ने शराब की दुकानें खोलकर संक्रमण फैलाया, दोष शराब का नहीं, परन्तु शराब बनाने, बेचने, पीने वालों सहित, टैक्स की जुगाड़ का है,

काश! वेश्याएं, आज भी, नगर-देवियां होती, उनके कैद खाने, खुली आलीशान इमारतें होती, उनको आराम, पैसा सम्मान, सब मिलता, या गरीबी-भुखमरी, हवस की भूख ना होती, हर आदमी की एक औरत होती, खाने-पीने को मिलता, प्रेम मिलता औरत को, सम्मान मिलता,

और ना ही, तथाकथित कोरोना केंद्र बनकर, सभ्यता के साबुन से धोया हुआ, गटर और विषाणु युक्त मैल से भी ज्यादा मैला कलंक कहलाती,

या फिर संक्रमण फैलता ही नहीं, गरीबी मिट जाने के कारण और हवस मिट जाने के कारण, समाज साफ-सुथरा सुरक्षित हो जाता, हर तरफ सौंदर्य होता, औरतों को सम्मान मिल जाने के कारण, विषाणु मुक्त सर्व गुण संपन्न समाज स्वर्ग से भी सुंदर हो जाता, आज बद से बदतर हालातों में, वेश्याओं को नगर-देवी नहीं बनाया जा सकता, ना ही उनकी हवेलियां या भव्य मंदिर बनाए जा सकते हैं,
हां, बेचारी असहाय लड़कियों को, गुलामी से मुक्त कराकर, कुछ सम्मानजनक काम दिलाकर, धीरे-धीरे आत्मनिर्भर बनाया जा सकता है,

एक समय पर किया गया सामाजिक उपचार, जरूरी नहीं, हमेशा के लिए कारगर हो, रीति-रिवाजों के अपभ्रंश से बचकर, समाज को भी बचाना पड़ेगा,
परिवर्तन प्रकृति का नियम है, परिवर्तन ही जीवन है, निश्चित ही नगर-देवी, उच्च विचार था और रंडी नीच पर अब कुछ नया विचार करना पड़ेगा,
आज की भयंकर परिस्थितियों में, जनसंख्या के घातक विस्फोट से, धरती पर इतना बोझ है कि गरीबी एकदम से मिटाई नहीं जा सकती है,
हां, कोई भूखा ना मरे, इतनी रोटियों का इंतजाम जरूर किया जा सकता है, लिंगानुपात बराबर करके, औरतों की संख्या भी बढ़ाई जा सकती है,

पर मात्र संख्या से कुछ नहीं होगा, औरतों को सम्मान दिलाना ही होगा, हर आदमी के अंदर केमिकल लोचा है, लार टपकाते कुत्ते-कमीने छिछोरे को मिटाना ही होगा,
हवस को नियंत्रित करने के पुराने सारे उपाय विफल हो चुके हैं, अब औरत ही हवस को प्रेम में परिवर्तित कर, इलाज कर सकती है, औरत की शरण में जाना ही होगा,
क्या हवस का कोई पक्का इलाज है, क्या औरत हवस को जड़ से मिटा सकती है? औरत की काबिलियत पर शक करने से पहले, खुद को टटोलना होगा, आत्ममंथन करना होगा,
क्या आदमी बिना बल प्रयोग किए, बिना गोलियों के सहारे, केवल अपनी दम पर औरत को संतुष्ट कर हरा सकता है, अगर नहीं तो फिर अपनी हार को स्वीकार करना होगा,

आदमी शुरुआत से ही, औरत की शक्तियों को पहचानता था, इसलिए अतीत में औरतों को देवी माना था, औरत प्रधान परिवार थे, पर सत्ता के लालची आदमी ने धोखा दिया,
अधूरे ज्ञान से उपजे अहंकार ने, आदमी को हैवान बनाकर, शारीरिक बल और छल-कपट के सहारे, औरत की सत्ता हड़पकर, अपना गुलाम बनाकर उभरने का मौका नहीं दिया,
आदमी ने हवस से सौ मीटर की दौड़ तो जीत ली, पर पाँच हजार मीटर की रेस पूरी भी नहीं कर पाया और अब यह हाल है कि वह उठने लायक भी नहीं रहा है,
उठाने वाली औरत को मारपीट कर कमजोर कर दिया, पर वह अभी भी मदद कर सकती है, पर उसे आदमी पर विश्वास नहीं रहा, इसलिए समाज लड़खड़ा रहा है,

सुनने में बुरा लगेगा, मगर इंसान की हैवानियत पूर्ण हवस का पक्का इलाज मात्र औरत ही कर सकती है, भटकों को सही रास्ता दिखाने वाली औरत को गुरु बनाना ही पड़ेगा,
औरत चाहे तो, शिक्षण देकर, बिगड़ों को सत् मार्ग पर ला सकती है या फिर चंडी बनकर जड़ से मिटा सकती है पर अहंकार त्यागकर, भोले को पैरों तले लेट जाना ही पड़ेगा,

औरत को उसका हक और सम्मान लौटाकर, देवी बनाकर, शरण पाकर ही खुद को विनाश से बचाया जा सकता है,
औरतों के आशीर्वाद से प्राप्त, अमृत-सा शीतल प्रेम पाकर, हवस को हमेशा-हमेशा के लिए मिटाया जा सकता है,
यह संभव है विवाह के विधान में सकारात्मक परिवर्तन लाकर, हर आदमी को मर्यादा पुरुषोत्तम बनाकर संयम पाया जा सकता है,
औरत को प्रेम की देवी बनाने की आवश्यकता है, देवी कृपा से कष्टों में शीतलता पाकर परम संतोष प्राप्त किया जा सकता है,
काल बनकर टूटने से पहले, औरत की शरण में तुरंत चले जाओ, साष्टांग होकर क्षमा याचना करो, तभी भला हो पाएगा,
औरत को शांत रहने दो, सुधर जाओ नहीं तो, माफी नहीं मिलेगी, बल्कि जितना सोच सकते हो, उससे भी बुरा हो जाएगा,

प्रेम के प्रभाव से हैवान को इंसान बनाकर, जीवन को सफल बनाया जा सकता है, परमानंद के साथ संतोष पाकर मोक्ष प्राप्त किया जा सकता है,

हर औरत अपने आदमी को अथाह प्रेम देकर, आसक्त से शक्तिशाली बना सकती है, संपूर्ण समर्पण से औरत के प्रेम को जागृत किया जा सकता है,

गरीबी को भी लालच त्याग कर, जनसंख्या घटाकर, परोपकार की भावना प्रबल कर, धीरे-धीरे संपूर्ण रूप से मिटाकर, प्रकृति को भी संभालना होगा,
सबका सहयोग पाकर, धरती का बोझ कम करने, उसकी संतानों को अब कम बच्चे पैदा कर, संसाधनों को बचाकर, सबको समृद्ध बनाना होगा,
कोरोना का भी संपूर्ण विनाश करना होगा, अगर एक भी विषाणु बच जाएगा तो, फिर से महामारी बनकर लौट आएगा और तबाही फैलाएगा, इसे जड़ से मिटाना ही, होगा,
कोरोना, रक्तबीज-सा राक्षस है, जिसे मारने संपूर्ण कायनात को रण चंडी बनकर, साथ मिलकर, कोने-कोने से एक-एक विषाणु का, ढूंढ-ढूंढ कर नामोंनिशान, मिटाना ही होगा,
रेड लाइट एरिया ने फैलाया, धर्म प्रचारकों ने फैलाया, गरीबों ने फैलाया, अमीरों ने फैलाया, यह आपस में लड़ाने वाली निरर्थक बातें छोड़कर, सत्य को पहचानना होगा,
कोरोना तो, कहीं से भी, कहीं भी फैल सकता है लोगों को बांटना नहीं, एकजुट होकर,
हर जगह से मिटाकर, एक-एक स्थान प्रत्येक इंसान को सुरक्षित बनाना होगा,

लॉकडाउन से संपूर्ण जीत तक, खुद पर नियंत्रण पाकर, आने-जाने से बचकर, घर में रहकर, खुद को दूसरों को सबको संक्रमण से बचाकर, धर्म के ठेकेदारों को लोगों को भड़काना छोड़कर,
अपनी-अपनी दुकानों पर ताला लगाना ही होगा,
अमीरों को गरीबों का सहारा बनकर, पलायन रोककर अधूरे ज्ञान को आत्मज्ञान से पूरा कर, संपूर्ण शक्ति लगाकर,
कोरोना टीका बनाकर, सिर्फ कोरोना मुक्त ही नहीं, गरीबी मुक्त होकर, आदमी-औरत सबको आत्मनिर्भर बनना ही होगा,
औरतों को देवी मानकर पूजने वाला प्रेम लोक बनाकर, समस्त विश्व को प्रेम ज्ञान के साक्षात्कार कराकर, अब भारत को फिर से नए नियमों, नए विचारों के साथ विश्व गुरु बन जाना ही होगा,
तभी संपूर्ण सृष्टि, प्रकृति प्रेममय हो पाएगी नहीं तो, किसी ना किसी रूप में कोरोना-सा काल आता ही रहेगा, नए विश्व गुरु, भारत को, संसार की बागडोर संभालकर, सही रास्ता दिखाना ही होगा,
अज्ञान से ज्ञान की ओर जाकर, देवी कृपा पाकर, औरतों में सुप्त शक्तियाँ जगाकर, गरीबी हटाकर, आत्म मंथन से आत्मज्ञान पाकर, विश्व का कल्याण करना ही होगा,
इंसानों को पापमुक्त कराकर, दिव्यता प्रदान कर, भारतीयता को पहचान कर, आत्म साक्षात्कार पाकर, दुनिया को परम शक्ति के साक्षात्कार पाने लायक बनाना ही होगा।

18. एक वेश्या की बेबसी

मैं एक मस्त कर देने वाली मस्तानी वेश्या हूं, मेरी देह जन्नत का टिकिट है,
मेरी आंखों में काला जादू है, मर्दों को वशीकृत कर देता है, मदिरा पान करा देती है,
मेरे होंठों में गजब की लाली है, आदमियों को आसक्त कर देती है, जान ले लेती है,
मेरी गोरी-गुलाबी, चिकनी-मखमली चमड़ी कयामत है, आफत-सी मचा देती है
मेरी चाल में संगीत समाहित है, लंगड़ों को भी नचा देती है,
मेरी आवाज में गुड-सी मिठास है, बहरों को भी गाना सुना देती है,
मेरे सारे अंदाज बहुत खास है, आश्चर्यजनक रूप से हड़कंप मचा देती है,
मैं एक मीठी छुरी हूं, लोगों में खुशियां बांटती हूं, गमों को काटती हूं, ऊपरवाले का गिफ्ट है।

आज से 3 महीने पहले, मेरे कोठे पर रौनक थी,
दिन-रात लोगों का तांता लगा रहता था, कतारें लगा करती थी,
कद्रदानों की कमी नहीं थी, इसलिए मेरा रेट बहुत हाई था,
एक होड़-सी लगी रहती थी, मर मिटने की कुआं-गहरी खाई था,
पैसों की बारिश हुआ करती थी, तोहफों में तुला करती थी,
क्या शाही दिन थे, मैं महारानी थी, दुनिया पर राज किया करती थी,

पर, आज मुझे कोई नहीं पूछता,
एक आदमी भी, भूल से भी नहीं भटकता,

यह कैसा लॉकडाउन है, कोरोना का कहर है,
चलती हवा रोकने वाला, यह कैसा जहर है,
आदमी इतना डर गया कि स्वर्ग प्रदान करने वाले, मेरे सर्वगुण संपन्न, मस्त काम को ही भूल गया,
मेरी अंखियों के जादू, तन-बदन का आकर्षण, मस्त-अदाओं के वशीकरण से छूट कर, घर में दुबक गया।

यह अफवाह किसने फैला दी कि मुझे कोरोना है,
मेरे यहां आने से कोरोना फैलता है, ये किसका रोना है,
क्या पता कहाँ, किसको होगा?
मैं भी थर्मल स्क्रीनिंग करवाऊंगी,
संक्रमित को बाहर ही रोक दूंगी,
क्या तब विश्वास कर पाओगे?, फिर क्या मुझे गले लगाओगे?
मैं तो, यही रहती हूं, कहीं नहीं जाती, क्या तुम, मुझसे मिलने आओगे?
क्या फिर से यहां आ पाओगे?, अपने डर को भुलाकर क्या खतरा उठाओगे?
कैसे अपनी गर्मी ठंडाओगे?, कैसे खुद पर काबू पाकर मेरे उपकारों को भुला पाओगे?

मैं तो, सदियों से क्वारेंटाइन हूँ,
कोठे में ही लॉकडाउन हूं,
जीना यहां मरना यहां, गहनों से लदी नहीं, बँधी हूँ और कहाँ जाऊँगी?

तुम्हारे इंतजार में पलकें बिछाए बैठी, नयी दुल्हन हूं,
यही मर जाऊँगी।
अब आ भी जाओ, कुछ अपनी सुनाओ, कुछ मेरी सुनो,
मैं परियों की कहानियाँ सुनाऊँगी,
तुम्हारे लिए ही तो, मर मिटने कोठे में बैठी हूं, आ जाओ,
अप्सरा बनकर नाचूँगी, जन्नत दिखाऊँगी,
तुम्हारे लिए साफ-सफाई, सेनीटाइज करके सुरक्षा के साथ,
कब से आशा लगाएं सतर्क बैठी हूं,
संक्रमण रोकने के सारे इंतजाम करके, 100% स्वस्थ, तुम्हें मस्त करने, तैयार बैठी हूं,
अफवाहों पर ध्यान मत दो, सुनी सुनाई बातों ने धंधा चौपट कर दिया है, यशो-आराम छीन लिया है,
मेरी सल्तनत के विश्वास से मजबूत, स्वर्ण स्तंभों को झूठों ने, झूठा जहर फैलाकर, उखाड़ कर लूट लिया है,

इस अफवाह के द्वारा फैली, झूठी बदनामी के कारण, लगता है दम निकल जायेगा,
क्या अब कभी भी, दुबारा मेरा धंधा जम पाएगा, क्या गुजरा वक्त लौटकर आयेगा,
भले ही मैं पूर्णतया विषाणु मुक्त हूं, सुरक्षित हूँ, पर कौन स्वीकार कर पाएगा?
और क्या, अब कोई मुझे, अपने आगोश में लेकर, सब कुछ भूल पाएगा?

मेरा धंधा, विश्वास पर चलता है, कमीनों ने भरोसे में सेंध लगाई है,
मेरी तो, जिंदगी भर की पूंजी ही लूट ली, चिंगारी ने आग लगाई है,
कुछ जल मरने वाले प्रतिद्वंद्वियों ने मार्केट में मेरी साख धूमिल कर दी,
अब इस जंगली-जवानी का क्या फायदा, जब देखने वालों की आंखें ही धूमिल कर दी,
जंगल में मोर नाचते किसने देखा, जब शौकीन लोगों ने घर में घुसकर, अपनी आंखें बंद कर ली,
अन्जान मेहमानों को कैसे बुलाऊँ पास, जब छः फुट दूरी के नियम ने, नाक में दम कर दी।

आज मेरे कोठे तक पहुंचने वाली सीढ़ियों के नीचे बैठकर, भीख मांगने वाली भिखारिन बुढ़िया भी मुझ पर हंस रही थी, उसकी चुभती हँसी, ताने कस रही थी,
बरसों पहले वह मुझसे भी ज्यादा सुंदर, अप्सराओं में श्रेष्ठ, मेनका सरीखी, रसीली, छप्पन-छुरी थी, बुढ़ापे में नरक झेल रही है,
वैश्याओं का पूर्वनिश्चित, अंजाम भुगत रही थी,
समय सब कुछ है, 4 दिन की जवानी है और हमारी तो, जिंदगी ही जवानी है, बुढ़ापे में कौन हमें, घास डालेगा? घड़ी भी हंस रही हैं, मेरी रसमलाई-सी जवानी, कोरोना के कारण, अछूत पड़ी-पड़ी सड़ न जाये, डर लगता, परिणाम से पहले तबाही, डस रही है,
बुढ़िया ने जवानी को भरपूर जिया था, ढलती जवानी ने उसके सितारे गर्दिश में ला दिए, मेरे साथ भी अगर ऐसा ही होता, तो क्या गम था, पर वक्त से पहले हुआ बहुत गम है,

पर कोरोना ने एकदम से, सबकुछ तबाह कर दिया, अफवाहों के गरम बाजार ने, मेरा धंधा भरी जवानी में ठंडा कर दिया, सच में बहुत गम है, कोरोना मौके पर धोखा देने वाला बेबफा सनम है।

अब ना तो सुरक्षात्मक कदमों पर भरोसा है, ना जमाने भर की आशाओं पर, ना अपने मदमस्त हुस्न और कातिल अदाओं पर,
ना मस्त जवानी के मस्ताने मायाजाल पर, ना दलालों के झूठे, मीठे वादों पर, बिल्कुल भी भरोसा नहीं मुझे, सरकारी दलीलों पर,
फिर भी उम्मीद लगाकर बैठी हूँ, निराश नहीं हूं, पर धक्का-सा जरूर लगा है, बस एक आखिरी आशा है,
भले ही किसी पर भी विश्वास ना हो, पर आदमी की नियत पर पक्का भरोसा है, तुरुप के इक्के पर टिका तमाशा है,
आदमी खुद को छुपा सकता है, पर सुधर नहीं सकता, लौट कर जरूर, यहीं आएगा,
खुद के आकर्षण से ज्यादा, आदमी की लत पर भरोसा है, खुद को रोक नहीं पाएगा,
कोरोना का कहर, लॉकडाउन की रोक-टोक, संक्रमण का खौफ, आदमी के छिछोरेपन के सामने, कुछ भी नहीं, उताबला होकर, मौत को भी गले लगाएगा,
जानती हूँ जिस दिन, आदमी की हवस, तड़पकर, फड़फड़ाकर, उसके डर को मात दे देगी, भागा चला आएगा, रोयेगा-गिड़गिड़ायेगा, मुझमें ही समा जायेगा,
सहमा जानवर जाग जाएगा, तो सारे बंधन तोड़कर, कोरोना की

छोड़ो, मौत की भी चिंता छोड़कर, बस आ जाएगा, प्यासा तो कैसे भी करके प्यास बुझायेगा,
झूठे वादों, फर्जी मोहब्बत पर नहीं, सिर्फ वहशी-हवाशी की हवस पर, विश्वास है तलब मचेगी तो पक्षी फड़फड़ायेगा, बंद दरवाजे, लॉकडाउन सब तोड़कर उड़ता हुआ आयेगा।

उड़ा लो अफवाहें, लगा लो बंदिशें, देखते हैं तुम्हारा बिछाया जाल, भूखे-दरिंदे को कितना रोक पाएगा?
उछलते-अरमानों को जितना दबाओगे, उतनी ही ज्यादा तेजी से उछलकर, मचलकर, चूर-चूर होने आएगा,
चुल्ल उठेगी तो, अपने आप भागते हुए, प्यास बुझाने, भैंराकर, कुएं में कूंद जाएगा, तर हो जायेगा,
न अफवाहें, न संक्रमण, न लॉकडाउन, न सरकार डरा पाएंगे, परवाना मरने चला आएगा, जल जायेगा।

अब, बस कुछ दिनों का इंतजार है, थकेली लस्त बीवियां, कब तक खैर मनायेंगी?
अंदर से तो, सब एक-सी ही है, पर क्या बोरियत, ठंडी-जवानी से मेरा नशा उतार पाएंगी,
मैं जो, जलवा देती हूं, घर पर ही सबको मिलता तो, लोग यहां आते ही क्यों, माल-पानी लुटाते ही क्यों?
समाज को सभ्य बनाने के चक्कर में, औरतों को शर्म से, इतना नहीं जकड़ते तो, वेश्यालय बनाते ही क्यों?

कोरोना का डर, सबकी चुल्ल पर हावी होता तो, हम जैसे
दिल-बहलाने वाले कलाकार, इंतजार में पलकें बिछाते ही क्यों?
अगर सच में हमने ही कोरोना फैलाया है, तो हमसे जलने वाले
बड़े-शिकारी, अफवाहें फैलाकर धंधे में सेंध लगाते ही क्यों?

असल में डर तो इन्हीं बड़े शिकारियों, व्यापारियों, ठेकेदारों का है,
इनकी आधुनिक अंग्रेजी, स्मार्ट, कॉलगर्ल, एस्कॉर्ट सर्विस का है,
चासनी से भी मीठे दिखने वाले, जहरीले, हनी-ट्रैप का है,
चमकीली पैकिंग में, सड़ा-माल बेचने वाले, मानव तस्कर,
ड्रग-माफिया का है,

कोराना तो, आते-जाते रहेंगे, पर अगर माफिया की विषैली,
विष-कन्याओं ने चुल्लबाजों को फँसा लिया, तो हमेशा-हमेशा के
लिए धंधा बैठ जाएगा,
मैं तो मात्र शक्कर हूं, वह ड्रग्स-हीरोइन का नशा है, आपदा को
अवसर बनाकर, अगर धंधा वीआईपी ने हड़प लिया तो, खेल खत्म
हो जाएगा,
हम तो, तब भी गरीबों के सहारे, कम में भी गुजारा कर लेंगे,
कलाकार से नाचने वाली हुई, वेश्या से रंडी होकर भी, जिन्दा रहेंगें
जब तक जवानी है, भूखे नहीं मरेंगे, रोटी की जुगाड़ तो कर ही
लेंगे,
चिंता तो, बेताब अरमानों की है, जिनके सपने, नरक में खुलेंगे हम
जैसी वफादार कहां मिलेगी उनको? नशे की लत से तड़प-तड़प

कर मरेंगे, ऊँची दुकान फीके पकवान वाले, जहर खिला ही देंगे, काश! इन उतावले गुलगुलों को कोई सद्‌बुद्धि दे दे, नशे की लत में पड़कर, हद से गुजर जाने से पहले, इनकी अधमरी बीवियों को नशे की लत, अंदरुनी शक्तियाँ जगा आत्मज्ञान दिला दे,

सर्वहितकारी कल्याणकारी सच बताकर, धंधा दाव पर लगाकर कमजोर बीवियों को मस्त जबरदस्त दिलफेंक हसीना एटम बम बना दे, दुबा करती हूँ,
शायद दर औरत मुझ जैसी समर्पित वैश्या ही बनकर अपने शौहर को बचा ले, घर पर ही सुरक्षित रसमलाई खिला दे, आशा करती हूँ।

19. लॉकडाउन, गैंगरेप और आखिरी फैसला

लॉक डाउन था, सब बंद था,
धारा 144 लगी थी, भारत बंद था,
लोगों का घर से निकलना मना था,
पुलिस रोज परेड करती थी, पास आना मना था।

हर तरफ मौत का साया था, कोरोना ने कहर मचाया था,
सड़कों पर सन्नाटा था, सिर्फ कोरोना याद्धाओं ने विश्वास जगाया था,
लोग डरे सहमे से, घर में दुबक गए थे, कुछ लॉकडाउन में फंस गए थे,
मैं अकेली यहां फंसी थी, मम्मी-पापा गांव में फंसे रह गए थे।

एक-दूसरे को छूना मना था, पर मैं रोज अस्पताल जाती थी, इलाज करती थी,
2 गज दूर रहना, सामाजिक दूरी का नया नियम था, मैं पीपीई किट पहनकर काम करती थी,
सरकार का पूरा तंत्र सतर्क था, मैं भी सर्तक थी, विश्वास से भरी, सेवा करती थी,
शक्ति से नियमों का पालन कराया जा रहा था, मैं भी सर्तकता से संक्रमण का सफाया करती थी।

फिर कैसे हो गया, लॉकडाउन में मेरा गैंगरेप? मैंने किसका क्या बिगाड़ा था।
धारा 144 तोड़कर इकट्ठे हुए, बलात्कारियों ने मौके का फायदा उठाया था,

रौनक राय

रेखांकन-1 'अत्याचारी हवस'

लॉकडाउन तोड़कर घरों से निकले, मेरे घर घुसकर आतंक मचाया था,
सामाजिक दूरी छोड़कर, मुझे नोंचने-खरोंचने दबोचने लगे, इंसानियत को लताड़ा था,
कोरोना का डर नहीं था उन्हें, जबरदस्ती चूमने, चाटने, कपड़े फाड़ने लगे, शरीर को फाड़ा था,
ना सरकार का डर था, सब मिलकर मुझे मारते, पीटते, लूटते रहे, नरक की आग में जलाया था,
ना सख्त नियमों का डर था, वहसी-हैवानों की तरह, एक साथ मुझ पर टूट पड़े, लूटमार मचायी थी,
इंसानियत तो, थी ही नहीं उनमें, कई दिनों तक मुझे खींचते, घसीटते, रगड़ते रहे, हिंसक तबाही थी,
इतना कमीनापन, पागलपन, इतनी हैवानियत, शैतानियत, इंसानों में तो, नहीं हो सकती,
पर अफसोस, सारे के सारे इंसान थे, दरिन्दों की दरिन्दगी, शब्दों में बता नहीं सकती।

ना तो उनमें कोरोना का डर था, ना मौत का, वो तो मानसिक रूप से विक्षिप्त, निर्दयी बलात्कारी थे,
न नियम-कानून का, ना ही ऊपर-वाले का खौफ था उन्हें, बेखौफ अनियंत्रित आतंकी, अत्याचारी थे,
वह तो, सारे के सारे हवस में, ऊपर से नीचे तक लथपथ राक्षस, दरिंदे थे, आत्मा से बहुत गंदे थे,

हे! भगवान, जाने क्या सुख पाया होगा, उन्होंने मुझे अधमरा करके, चीड़-फाड़ करके चरित्र से नंगे थे,
निश्चित ही बलात्कार से ज्यादा, मुझे मारने-पीटने में निर्दयी-दानवों को ज्यादा मजा आ रहा था, ऐसी हिंसक, जंगली मानसिकता से मेरा हृदय फटा जा रहा था, कण-कण आँसू बहा रहा था,
ना जाने क्यों मेरी दर्द भरी, चीखों को सुनकर ही, उनको सुकून मिलता था, पापियों को तनिक भी तरस नहीं आया मुझ पर, मेरा रोम-रोम कराह रहा था, कोई भी मदद नहीं कर पा रहा था।
बार-बार, लगातार, कई बार हिंसक बलात्कार करने से भी शायद राक्षसों को संतोष नहीं मिला होगा, कमीनों का कामांध मन तब भी न भरा होगा,
इसलिए उन भाव शून्य अतिहिंसक दैत्यों ने मुझे, जिंदा ही हवशी आग में जलाते हुए, मौत का तांडव मचाकर, वहशी मन भरा होगा,

रात-दिन मिलकर लूटने के बावजूद भी कामांध हैवानों की हवस और थरक नहीं मिट पाई होगी, तभी तो जहरीला कहर बरपाया होगा,
गोली, कैप्सूल, इंजेक्शन, शराब, कबाब, चरस, गांजा, हीरोइन, ड्रग्स सबका सहारा लेकर भी उनके औजार थककर टूट गए, तभी गुस्सा आया होगा,
शायद अपनी नामर्दी छिपाने, गुस्से में उबलकर बदला लेने, मेरे जननांग में लोहे का सरिया घुसा कर, मुझे एक और निर्भया बना दिया,
मेरी सुंदरता बर्दाश्त नहीं कर पाए, अपनी कमजोरी छिपाने,
नफरत में

आपा खोकर, असुर प्रवृत्ति दिखाकर, मेरे स्तनों को काट दिया, होंठ कतर दिए, गाल चीर-फाड़ दिए, शरीर पर अनगिनत घाव दिए, आत्मा को भी चकनाचूर कर दिया, जिंदा ही गटर में फेंक दिया,

मुझे खून-खच्चर, अधमरी गटर में फेंकने के पीछे, शातिर शैतानों की कितनी गंदी सोच थी, इसकी कल्पना करना भी मेरे लिए, अपने असहनीय जख्मों को सहने से ज्यादा जटिल है, मेरी चीखें खाली घर पी गया, अंधा, बहरा लॉकडाउन मेरी दुर्दशा का कारण बना, समय कितना जालिम था,
मुझे घुट-घुट कर मरता छोड़कर, समाज से आए, इंसान के रूप में हैवान से भी बदतर, शैतान समाज में वापस जाकर, घुल-मिल गए और किसी को पता भी नहीं चला, मेरी मदद की पुकारें, बंद दरवाजों को चीर नहीं पाई, मैं आखिरी सांस तक लड़ी पर, बुरा वक्त ही मेरा कातिल था।

मुझे तो मौत के साथ ही मुक्ति मिल गई, दर्दनाक दर्दों से सांसारिक झंझटों से, अब ऊपर से देखती हूं कि इन आसक्त हवस के पुजारियों का क्या होगा, कितना अभी भुगतेंगे, कितना बाद में तय होगा?
लगता तो नहीं कि मेरे अपराधियों को मरने के बाद भी मुक्ति मिल पाएगी, दया आती है, इनकी, भविष्य में सांसारिक मृत्यु के पश्चात्, कठोर पीड़ा पाने वाली आत्मा पर, जिसका हिसाब-किताब, न्याय होगा,

तरस आता है इनकी विकृत मानसिक स्थिति पर, हिंसक नपुंसकता पर, मृत–घृणित पत्थर दिल पर, जो इनको कल्पों तक नरक में सड़ायेंगा,
कर्मों का फल तो, अवश्य मिलेगा, सबको मिलता है, यह आदमी का नहीं कुदरत का कानून है, कुछ सजा जिंदा रहते, कुछ मरने के बाद पाएगा,
निश्चित ही नरक की आग में बरसों जलेगी इनकी आत्मा, तब भी मेरी दर्द से कराहती चीखो, मिन्नतों, बद्दुआओं के श्राप से, मुक्त नहीं हो पाएगी,
अपने ही अनगिनत पापकर्मों के बोझ तले दबी इनकी आत्मा, रिक्त ना होने के कारण, पश्चाताप की अग्नि में जलने लायक भी, नहीं हो पाएगी,
जब तक इनके पाप, इनकी आत्मा का पीछा नहीं छोड़ेंगे, इनकी आत्मा श्राप भोगती हुई, कभी भी शांति नहीं पा पाएगी, मुक्त नहीं हो पाएगी,
यह मेरे कहने से नहीं होगा ये तो ब्रह्माण्ड का सत्य है, आवाजें अमर हैं, अमर आत्मा, पाप मुक्त होकर ही बैकुण्ठ को जाएगी।

इंसान के रूप में छुपे यह दुष्ट राक्षस, समाज का ही हिस्सा है, मौका पाकर जालिमों की तरह टूट पड़ते हैं और अपने पापी मन की करते हैं, यह दरिंदे आगे–पीछे की नहीं सोचते, अवसर मिलने पर अनियंत्रित, बर्बर, अत्याचारी, हिंसक बलात्कारी, निर्मम हत्यारे बनकर कुकर्म ही करते हैं,

मुझसे पहले कई निर्भयता हुई, यह सब झेला, एसिड-विक्टिम को दर्द से तड़पते देखा और इसी लॉकडाउन में, एक नन्हीं-सी जान को भी अब क्या बताऊं शब्द नहीं हैं,
पर अब इसको जड़ से, खत्म होते देखना चाहती हूं, जो कुछ मैंने झेला, वह बहुत हिंसक और हैवानियत से भरा बर्बर कृत्य था, ऐसी वहशी शैतानियत की, जिसकी हद नहीं है।

ईश्वर से प्रार्थना करती हूं कि ऐसा फिर कभी, किसी के भी साथ ना हो, जो कुछ भी मेरे साथ हुआ, किसी और को झेलते, नहीं देखना चाहती हूँ,
ऐसे दरिंदों को घुट-घुट कर, दर्दनाक मौत मरते देखने से ज्यादा दूसरों को, ऐसा महापापी बनते हुए नहीं देखना चाहती हूं,
यहां से देखती हूं तो, हर आदमी के अंदर, ऐसी शैतानियत के सूक्ष्मबीज पलते देखती हूं, उनका वही पर दमन होते देखना चाहती हूँ,
मैं बदला नहीं बदलाव चाहती हूं, मैं मात्र सजा नहीं सद्भाव चाहती हूं, मैं हैवानियत का संपूर्ण नाश और प्रेम पनपता देखना चाहती हूं,

मेरा शरीर भले ही अभी भी गटर में पड़ा-पड़ा सड़ रहा है,
कीड़े-मकोड़े खा रहे हैं उसे, तो अब क्या फर्क पड़ता है, परमात्मा के आशीर्वाद से मुझे मुक्ति मिल गई है अब तो, सबकी पापों से मुक्ति चाहती हूं।
मैंने अपने सभी अपराधियों को कोरोना संक्रमण से, तड़प-तड़प कर मरते हुए भी देखा, पर अब कतई फर्क नहीं पड़ता, हां जिससे फर्क पड़ सकता है, वह बताना चाहती हूँ, आत्मा का ज्ञान कराना चाहती हूं।

ऐसा नहीं है कि इतना वहशीपन और अत्याचार सहकर भी, मैंने अपने गुनहगारों को माफ कर दिया और मैं बहुत महान आत्मा हूं,
ये तो आत्मज्ञान का असर है,
मैंने अपनी आखिरी सांस तक, उन महापापियों को खूब कोसा, अनगिनत बद्दुआएं दी, श्राप दिए, जो उनको पूर्णतः भुगतना ही पड़ेगा, पर मेरे लिये बेअसर है,
जब मैंने मरने के बाद, ईश्वर से पूछा कि मेरी क्या गलती थी, मैंने ऐसा क्या पाप किया था, जिसका इतना जहरीला फल मिला, तब उन्होंने खुद समझाया,
ईश्वर ने मुझे पहले, आत्म साक्षात्कार करा कर, आत्मज्ञान कराया फिर जन्म जन्मांतर के रहस्य का भेद समझाकर पर्दा गिराया, तब जाकर मुझे संतोष मिल पाया।
जिससे मुझे सबकुछ खुलकर समझ आ गया, परम शांति मिली,
मेरी आत्मा ने उचित दंड स्वीकार कर, लगभग क्षमा को पाया,
उसी ज्ञान से आपको, सबको परिचित कराना चाहती हूं,
परमात्मा की कृपा से जितना मुझे समझ आया, उसमें से कुछ सबको समझाना चाहती हूं, मैंने दंड क्यों पाया, यह भी बताना चाहती हूं, जितनी मतलब की हैं, उतनी कहानी बतलाना चाहती हूं।

पिछले जन्म में मैंने कई औरतों का लगातार, कई वर्षों शोषण किया, उनको गुलाम बनाकर, तहखाने में कैद कर,बहुत अत्याचार किया था, पापों को इकट्ठा किया था,
उनके पास बचने की कोई उम्मीद नहीं थी, मुझसे बहुत डरती थी, चुपचाप मेरी दरिंदगी सहकर बोल नहीं पाती थी, पर आत्मा से

कोसती थी, उन्होंने एक फैसला किया था,
हिंसा और हवस से तंग आकर, उन्होंने, एक-दूसरे का गला घोंटकर, खुद को मुक्त करा लिया, आखिरी वाली ने सर फोड़-फोड़ कर दम तोड़ दिया था,
मरते-मरते उन्होंने, जो फैसला किया था, वही अधूरी इच्छा, उन्होंने इस जन्म में, आदमी बनकर पूरी की और ईंट का जवाब, पत्थर से देते कुकर्म किया था,

पर यह उनकी आत्मा की महानता नहीं थी, इसलिए उन्हें ना तो पहले मुक्ति मिली थी, ना ही आगे भी मिल पाएगी, उनका अभी और तड़पना बाकी है,
पर मुझे मुक्ति मिली, क्योंकि मैंने, अपने कर्मों की उचित सजा पा ली है, खुद को, उनको, सबको, माफ कर आत्मज्ञान पाया, अब क्या बाकी है,
कर्म पीछा नहीं छोड़ते, कुछ पिछले जन्मों में, कुछ अभी कुछ आने वाले जन्मो में, भुगतना पड़ेगा, ना तो कोई आज तक बचा है, ना आत्मा को बचा पाएगा,
जब तक उचित दंड नहीं मिलता, मुक्ति नहीं मिलती, यह ईश्वर का सनातन विधान है, जैसा कर्म वैसा फल, यही क्रम चलता है और हमेशा चलता जाएगा,

मेरी आत्मा आज घायल जरूर है, पर उस पर अब कोई बोझ नहीं है, पर मेरे हत्यारों का सफर, अभी बहुत बाकी है, उनकी मुक्ति जल्द नहीं होने वाली है, उन पर पाप कर्मों का बोझ है,

जिसका कारण उनका मुझ पर किया, बेतहाशा अत्याचार नहीं, मेरी घुट-घुट कर मरती आत्मा से निकला, श्राप भी नहीं, उनके पिछले जन्मों के और इस जन्म के सारे पाप कर्मों का योग है,
ईश्वर हर आत्मा को सुधरने या फिर बिगड़ने का, समय-समय पर मौका देते हैं, पर चुनाव करने का फैसला, उसकी अंतरात्मा पर ही छोड़ देते हैं, इंसान खुद अपनी किस्मत बनाते हैं,
इंसान के यहीं छोटे-बड़े फैसले, उसके पाप या पुण्य कर्मों का लेखा-जोखा तैयार करते हैं और हर बार मृत्यु के बाद धर्मराज हिसाब-किताब बनाकर, ईश्वर को न्याय हेतु प्रेषित करते हैं,

ईश्वर अपने आप कुछ नहीं करते, सब इंसान खुद करता है या उसके फैसले करवाते हैं, ईश्वर तो सिर्फ, न्याय करते हैं और परमात्मा का न्याय, कांच की तरह साफ होता है, जिसे सब सहज स्वीकार करते हैं,
ईश्वर उच्चतम शक्ति है, उसकी व्यवस्था पक्की है, वह कभी भी पक्षपात नहीं करते, समय-समय पर धर्म की स्थापना हेतु, अवतार भी लेते हैं, पर हमेशा ही सबकी अंतरात्मा में, कण-कण में निवास करते हैं,
अंतरात्मा सब जानती है, उसे अच्छा-बुरा सब पता होता है, पर जब तक अंतरात्मा को, जागृत नहीं किया जाता, वह चमत्कार नहीं कर सकती है,

पर इशारा जरूर करती है, पर इंसान की नियत, मन के विकार, इंद्रियों का अतिक्रमण, उसे कुछ करने नहीं देता तब अंदर ही अंदर घुटती रहती है,

मैं अपने अपराधियों के जीवन पर, प्रकाश डालकर, ईश्वर की माया दिखाकर, मायाजाल में फंसी आत्मा और इंसान की फितरत, समझाना चाहती हूँ,
हालांकि एक जन्म को समझकर, जन्म-जन्मांतर के मायाजाल को समझ पाना मुश्किल है, पर 4 लोगों की जीवन लीला समझाकर, ईश्वर पर विश्वास जगाना चाहती हूँ,
मुझे पूर्ण विश्वास है कि यह चार जीवन दर्शन पाकर, आप ईश्वर के दर्शन को समझ जाओगे, कुछ कठिनाई आएगी भी, तो कम से कम आत्ममंथन तो, कर ही पाओगे,
आत्मज्ञान तो, खुद की यात्रा खुद पूरी करने पर ही होगा, मुझ पर तो, ईश्वर की कृपा हुई, आप भी सत्य के साक्षात्कार कर, अथक प्रयासों से यह ज्ञान पा जाओगे।

दाताराम पैदाइशी नामर्द था, उसका बचपन, मां को पिता से पीटते हुए देखकर बीता था, उसकी शादी के बाद, बीवी ने उसको कुछ सालों तक तो झेला था,
पर वह हिम्मत हार गई, जब वह अपने बाप का भी बाप बन गया, उसका बाप तो, सुधर गया, पर वह हद से ज्यादा बिगड़ गया, अपनी नामर्दी को लाठी से छुपाता था,

एक दिन उसकी बीवी उसके चंगुल से निकलकर भाग गई, तब से नशे में, घुटता हुआ, सारी औरतों को शिकार बनाना चाहता था, मानसिक संतुलन खो चुका था, पागलपन शैतानियत में बदल चुका था,

उसको लगता था कि औरतों में बहुत चुल्ल होती है और औरतों की आग को पानी से नहीं, डंडे की दम पर, कूट-कूट कर दमन करते हुए ही बुझाया जा सकता है, शिकारी भूखा भेड़िया बन चुका था,

शायद इसी कमजोरी को अत्याचार की पराकाष्ठा बनाकर, उसने मुझमें लोहे का सरिया घुसाया था, पर उसकी ना तो निराशा मिटी ना ही हवस, अपनी आत्मा को ही सता रहा था, बोझ भी बढ़ाया था,
अंत समय में दोनों बाप-बेटे, पानी के टैंकर में छुपकर, गांव जाने की कोशिश कर रहे थे,
टैंकर पलटा, खाई में गिरा, दोनों संक्रमित-बीमार, कई दिनों तक घोर-अंधकार में तड़पते रहे,
मौत तो बहुत बाद में आई, पहले ही लस्त हो चुके थे, बाप को तो, इतने ही से मुक्ति मिल गई, पर यमदूत दाताराम की आत्मा को नरक की आग में जलाने ले आए, अभी और भुगतना बाकी था,
बुरे हालात इंसान को बना भी सकते हैं, बिगाड़ भी सकते हैं,
दाताराम के बाप ने अपने जीवन को मरते-मरते संभाला, सच को स्वीकारा और दाता ने अंधकार को ही जीवन बनाया था,

दूसरे की कहानी भी लगभग ऐसी ही है, पर उसका बाप, नशे में मां को पीटता-पीटता ही एक दिन, अपने-आप गिरकर नर्क सिधार गया, अब्दुल की मां ने उसे कष्ट उठाकर पाला था,

पर अब्दुल ने अपनी मां की कुर्बानियों, मजबूरियों को नहीं देखा
कपूत बनकर, उसके चाल-चलन की बिगड़ी-अफवाहों को सच
मानकर, गला घोंटा तो, निर्दोष बेचारी स्वर्ग सिधार गई, मुक्त हो गई,
पर अब्दुल का शक पिशाच बनकर, उसकी पत्नी पर भी
कोड़े बनकर टूटा, वह बेचारी खूबसूरत थी, उसके नाक-नक्श,
अंग-प्रत्यंग, चाल-अदाएं आकर्षक थी, बस यही तो, उसकी गलती
थी, मलाई को जलाकर राख करता हलवाई था,
अब्दुल की नशे की लत ने उसे, नपुंसक और उसकी बीवी को
बदचलन बना दिया, लांछन लगा-लगा कर पीटता था, फिर भी,
बीवी ने कभी भी साथ नहीं छोड़ा, बल्कि उसकी कमाई पर ही
पलता निर्दयी कसाई था,

एक दिन नशे में धमकाते हुए, कह गया कि जैसे मैंने उसके स्तन
काटे, हौंठ कतरे, गाल चाकू से फाड़े, अनेक प्रहार किए, तुझे भी
सबक सिखा दूंगा, बहुत मस्ता रही है तेरी जवानी, गलती कर गया,
बस उसी पल उसने अपनी बीवी को, सारे बंधनों से मुक्त कर
दिया और वह उसका साथ वही छोड़कर चली गई, वह अकेला,

नशे में पड़ा, ऊपर से कोरोना पॉजिटिव था, बेमौत मर गया,
तिल-तिल मरता रहा, पर उसकी किसी ने मदद नहीं की, दर्द से
चिल्लाता रहा पर किसी ने ध्यान नहीं दिया, ना तो पड़ोसियों से
उसकी बनती थी, ना ही कोई उससे मतलब रखता था,
नशा, कोरोना का संक्रमण मिलकर, धीरे-धीरे उसे चूसने लगे और

वह भी मरने से पहले कई दिनों तक फड़फड़ाता रहा, दम घुटता रहा, पर मरने के बाद भी सजा अभी और बाकी थी, जो भुगतने गया।

तीसरा, सच में अपनी बीवी की, मस्तानी जवानी का दंश झेल रहा था, ना तो वह उसकी उफनती इच्छाओं को संभाल पा रहा था, ना ही चाल-चलन को संभाल पा रहा था, बिस्तर में हारा था, उसकी बीवी ने अपने आशिकों की मदद से, उसे खूब पिटवाया और हाथ-पैर बांधकर मजा कैसे दिया और लिया जाता है खुलकर दिखाया, कई बार समझाया और लताड़ा था, इसलिये गर्म पारा था, ऐसा नहीं था कि बिगड़ी हुई आई थी, उसने खुद उसे, शुरू-शुरू में अंग्रेजी दवाइयों और पोर्न चल-चित्रों के सहारे, स्वप्न लोक के मजे दिलाकर, लत लगाकर, आदत बिगाड़ी थी पाली बिमारी थी, समय के साथ और भी ज्यादा भूखी-चुड़ैल बनकर, नागिन की तरह दिन-रात डसती रहती थी, अपनी उतावली-उत्तेजक से हवसी-वहशी बनी, बीवी से बचकर भागा भगोड़ा था, पर बीमारी भारी थी,

शायद इसीलिए उसने मुझे पटक-पटक कर, घसीट-घसीट कर रगड़ा था, पर वह नए उत्पादों का उपयोग करके भी, हार गया और मारने-पीटने पर उतर आया था, उठा-उठाकर पटका था, उसकी मौत भी दर्दनाक थी, कोरोना कहर के साथ आए तूफान की अनियंत्रित हवाओं ने, उसे खंडहरों में ला पटका, उसके दाएं हाथ और बाएं पैर पर, खंजर पटका था, जिंदगी मौत के बीच लटका था,

वह ऐसी जगह पड़ा था, जहां न सरकार पहुंच पाई न सुरक्षाकर्मी, न ही लाशों को गिनने वाला दस्ता, वह चिल्लाता रहा, पर सब सारा इलाका ही छोड़ चुके थे, मेरा मोहल्ला सुनसान था, उसका सूनमटान था,

हिल सकता था, पर निकल नहीं सकता था, चिल्ला सकता था, पर कोई सुन नहीं सकता था, फिर भी उसकी मौत मुझसे अच्छी थी, इसलिए मौत के बाद भी भुगतना बाकी था, खौलते तेल में उबलना उसका अंजाम था,

चौथा शिकारी ठंडे खून वाला मगरमच्छ था, मौके की तलाश में उसने एक बार मुझे, प्रेम-आवेदन दिया था, पर वह कहीं से भी, मेरे लायक नहीं था, मैंने ठुकरा दिया था, सही ही तो किया था, उसकी शक्ल-सूरत, कद-काठी सब खराब थी, पर मैंने उसकी गिरी-नियत, गंदी-सोच को ठुकराया था, उसी गंदी सोच ने मुझे लॉकडाउन में अकेला फंसा पाकर, दबोचा था, बदला लिया था,

बहुत समझाया मिन्नतें की गिड़गिड़ायी भी पर वह नहीं माना, मुझे जानवर की तरह लूटा, फिर थक-हारकर, हरामी दोस्तों की भड़ास निकलवाई, चीखें सुनकर निर्दयी ने सुकून पाया था,

आदत थी चीखे सुनने की, हरामी ने मां-बहन की चीखें सुनी, बाप जिस्म बेचने वाला दल्ला था, देखता-सुनता था, पर किसी को नहीं बचाया, उल्टा कमीना होकर, तमाशे का लुफ्त उठायाा था,

उसकी सबसे छोटी बहन ने, बाप को खुद तबाह होने से पहले, जहर देकर मारा और उसकी सारी बहनों, माँ को गंदे दलदल से मुक्त कराया था,
पर यह कमीना, बाप के महा कमीनेपन की जहरीली पैदाइश, पत्थर दिल, अंदर से पूरा काला, बुजदिल, छल-कपट युक्त, षड़यत्रकारी सपोला था, बाप बनकर उभर आया था,
इन्हीं प्रपंचों से खूब लूटपाट की, चीखों के इंतजाम हेतु चार शादियां की, उन्हें दूसरों से कुचलवाकर, चीखें सुनता, मारने-पीटने के लिए पैसे भी देता था, अजीबों-गरीब अत्याचारी शैतान था,
चारों पीड़िताओं ने उसे ऐसा सबक सिखाया कि कई जन्मों तक याद रखेगा, संक्रमण से कमजोर, लॉकडाउन में अकेला पाकर काम-तमाम कर दिया, मौका था खुला मैदान था,
उसके लिंग को छीलकर, मारपीट कर, उल्टा लटका कर, नीचे से आग लगाकर, शरीर के एक-एक बूंद खून को जलाकर, भस्म कर डाला, जीना हराम कर दिया, गूँजती चीखें थी,
नर्क में तो जलेगा ही, मौत को नर्क से बदतर बनाकर, उसे तिल-तिल मरता देख सुकून पाया, उसको उसके कुकर्मों से भरा, ऑडियो-रिकॉर्डिंग सुनाया, जिसमें मेरी भी चीखें थी,
अब चीखें मजा नहीं, सजा दे रही थी, वही चीखें कानों के, पर्दों को फाड़ रही थी,
इतना हिंसक और निर्मम प्रतिकार नहीं कर पाती, अगर उन्हें, कुकर्मों का ऑडियो टेप नहीं मिलता, जिसमें मेरे साथ, कईयों की, दर्द भरी चीखें थी, वह सबका बदला भी ले रही थी,

बदला ही सबकुछ नहीं होता, निश्चित ही उन्हें, सुकून मिला होगा,
पर आत्मा को संतोष, तो कर्मों के लेखा-जोखा जांचकर, संपूर्ण
हिसाब-किताब के बाद ही मिल पाएगा, जैसे मेरा हुआ सबका होगा,
चारों ने खुद को पुलिस के हवाले कर दिया, पर वह मरा नहीं था,
उसकी मौत, अस्पताल में कोरोना से घुट-घुट कर, वेंटिलेटर पर दम
घुटने से हुई थी, अब उसका भी हिसाब-किताब होगा,
मेरी मुक्ति मात्र आत्मज्ञान पाने की इच्छा से ही हो पाई, दिव्यदृष्टि
पाकर, आत्ममंथन कर खुद को सबको माफ कर, सारे बंधन
तोड़कर, अब जाने को सज्ज हूं, शुभ आशीष पाई हूं,
इंसान में सारे ब्रह्मांड के सत्य, के साथ, परमात्मा भी समाये हुए है,
मैंने मरने के पहले, अपनी अंतरात्मा को, आह्वान देकर, आत्मा में
ही परमात्मा को पाया, अब आत्मज्ञान से शांति पाई हूं,

कोरोना तो, आते-जाते रहेंगे, बाहर से आए शैतान तबाही मचाते
रहेंगे, पर सबके अंदर, राम को और हमेशा रावण पर, राम की जीत
देखना चाहती हूँ,
मानवता को फलते-फूलते देखना चाहती हूं, इंसानों को आत्मज्ञानी
बनते देखना चाहती हूं, आत्मा में परमात्मा पाकर, सबको मुक्त
देखना चाहती हूँ,
किस्मत वाली हूं, जो इसी जन्म में एक सामाजिक-कार्यकर्ता और
चिकित्सक के रूप में, प्रभु-कृपा से किए पुण्य-कर्मों के फलस्वरूप
मोक्ष पाया,
धन्यवाद करती हूँ ईश्वर का, जो उन्होंने काबिल बनाया, अपने
पूर्व जन्मों के पापों को, इस जन्म में पुण्य कर, बेअसर करने का
मौका पाया,

और उन सब दुखी–बीमारों, पीड़ितों का, जिनकी सेवा कर, सहारा बनकर, दुआएं पाकर, मैंने अपनी अंतरात्मा को सहारा दिया और जीवन संघर्ष में संबल, मृत्यु के बाद परम सुख पाया,
और अत्याचारियों का भी जिन्होंने मुझे, आत्ममंथन कर सोचने को मजबूर किया, कि आखिर जीवन है क्या और जवाब में, परम शक्ति के साक्षात्कार द्वारा, महाज्ञान के बाद परम सत्य पाया,
अंत में, पिछले जन्म में, उन सब पर किए अनेक अत्याचारों के लिए, क्षमा और अगले जन्म में उनके लिए सद्‌बुद्धि और विवेक मांगना चाहती हूं,
जाने से पहले आप सबको, मुक्ति का मार्ग बताकर अच्छा लग रहा है, “समय रहते जाग जाओ, जीवन को सफल बनाओ”, अब आज्ञा चाहती हूं।

20. गोलगप्पे वाला

चलो आज मैं आपको, आम भारतीयों की मजबूत, रोग प्रतिरोधक क्षमता के बारे में बताता हूं,
कोरोना भारत में जानलेवा क्यों नहीं हो पाया, यह राज की बात समझाता हूँ,
अपने मोहल्ले के, एक टिक्की वाले के जीवन से प्रेरणा लेकर, एक प्रेरणादायक कहानी सुनाता हूँ,
भारत में फैली गंदगी और गरीबी से परे, लोगों की जिंदा दिली गाता हूं,

भारत में आम लोग, गोलगप्पे बहुत चाव से खाते हैं,
ज्यादातर गोलगप्पे वाले, सफाई नहीं रखते, फिर भी खाते हैं,
पानी की टिक्की के ठेले भी, कोने-कूचों में लगे होते हैं, फिर भी खाते हैं,
खुले मूत्रालयों के पास लगे होते हैं फिर भी स्वाद ले-ले कर खाते हैं,

कुछ का तो, यह भी मानना है कि खट्टे पानी का स्वाद, हिलाने वाले हाथों में ही है,
दरअसल अधिकतर टिक्की वाले, पानी को नंगे हाथों से ही हिलाते रहते हैं,
और हाथ डुबो-डुबोकर फटाफट, टिक्की खिला-खिला कर, भीड़ को निपटाते रहते हैं,
यह हाथ हमेशा ऐसे ही चलता है, मूतने के बाद भी धुलता नहीं है,

धुलता है तो, सीधा पानी की टंकी में जाकर, डूबता है और रहस्यमय स्वाद खोलता है,
यह आश्चर्यजनक स्वाद, लोगों के मुंह में पानी ले आता है, ग्राहक दौड़ा चला आता है,
स्व-मूत्रपान की महिमा तो सुनी होगी, टिक्की वाला शुद्ध, स्वादिष्ट मूत्रपान कराता है,
जब स्व-मूत्रपान, बड़ी-बड़ी बीमारियों को खत्म कर सकता है, तो मूत्रपान से कोरोना कैसे हो सकता है?

कौन कहता है, टिक्की वाले ने, कोरोना संक्रमण फैलाया?
जब उसने इतने सालों में उल्टी-दस्त, फूड-पॉइजनिंग, गैस-जलन जैसा कुछ नहीं फैलाया,
तब आप इतना कैसे गिर गए कि उस बेचारे, समाज सेवक से, कह दिया कि उसने कोरोना फैलाया है,
अरे! उसने तो बिना रुके, बिना थके, हाथ धोने तक का समय बचाकर, मस्त टिक्की खिलाकर, प्रेम फैलाया है,

कैसे! कोई बेगैरत इंसान, हिमाकत कर सकता है, टिक्की वाले को कोरोना संक्रमण फैलाने वाला बताकर,
पहले अपने अंदर की, चुल्ल को देखो, दूसरे पर आरोप बाद में लगाना, पहले खुद को देखो, अंदर झांककर,
जल्दी करो भैया और खिलाओ, जल्दी खिलाओ, आने दो, मेरा नंबर कब आएगा, कौन कहता है, चिल्ला-चिल्ला कर?

आपने ही तो, उस गरीब को मशीन बनाया, मांग-मांग कर, तंग कर करके, उस बेचारे को सोचने-समझने का मौका न देकर,

पर आज अनलॉकडाउन होने पर, फिर से पानी-पुरी के ठेलों पर भीड़ लगाकर, हमने उसे सभी आरोपों से बरी कराया है,
झूठे आरोपों से अफवाहों के बाजारों से बचाकर, चटकारे मार-मार कर, उसकी महिमा को जोर-शोर से गाया है,
3 महीनों के लॉकडाउन से, बेचारे का धंधा बंद था, उसको बाद में भी, धंधा मंदा होने का डर सताता था, पागल-सा हो गया था, पर अब हिम्मत पाया है,
कोरोना से ज्यादा डर, उसको अपने भविष्य का लगता था, पर हमने उसके डर को और कोरोना को, ठेंगा दिखाकर, उसे उभारा है, स्वदेशी का ताज पहनाया है।

उस जैसों को, हम जैसे को, बहिष्कार की नहीं, शिक्षा की आवश्यकता है, धिक्कार कि नहीं, प्यार की आवश्यकता है,
वह भी ग्लव्स पहन लेगा, सतर्कता की टोपी लगा लेगा,
साफ-सफाई रख लेगा, कर तो सब सकता है, बस उत्साह की आवश्यकता है,
पर, फिर उसको टिक्की का भाव भी बढ़ाना होगा, हमको भी अच्छा पैसा चुकाना होगा,
हमको और टिक्की वाले को, सबको मिलकर, कोरोना मुक्त, गरीबी मुक्त समृद्ध देश बनाना होगा,

पर क्या यह इतना आसान है, जब करोड़ों लोग, झुग्गी-झोपड़ियों में भूखे सोते हैं,
और करोड़ों के पास, दिन गुजारा करने लायक भी पैसे नहीं होते हैं,
अमीर, पांच-सितारा होटलों में, तो गरीब, ठेले-वालों के सहारे,
अपना शौक पूरा कर लेते हैं,
खाते तो सब रोटी ही हैं, पर ना जाने क्यों, गरीब की रोटी को
अफवाहें उड़ाकर गंदा बता देते हैं,

किसी एक की गलती की सजा, सबको क्यों दे देते हैं?
एकाध बार हाथ ना धो पाने के कारण, बरसो क्यों गाते रहते हैं?
अरे! आओ कभी, गरीब के हाथों की बनी, मस्त पानी की टिक्की,
पीकर तो देखो, क्यों तुर्रम खां बनते हो?
सच में खून-पसीना से बनी, पानी-पुरी में एक अलग ही स्वाद है,
पसीना को मूत कहकर, क्यों मेहनत को बदनाम करते हो?

अभी कसम खाओ 6 की जगह 2 टिक्की खाओ और पैसे 10 के दोगे,
कुछ कमाई कराकर, टिक्की वाले को मास्क, ग्लव्स इत्यादि खरीदने का मौका दोगे,
अरे! उसके घर पंखा लगेगा तब पसीना भी कम आएगा,
और जब गरीबी मिटाकर देश उठेगा, तब अलग ही स्वाद आ आएगा,

पर यह छोटी-छोटी बातें, छोटी-छोटी मजबूरियां, एसी में बैठे अमीर कहां समझ पाएंगे?

खा-पीकर, डकार लेकर गरीब के खाने का, मजाक उड़ाएंगे, अपने को साफ-सुथरा कुलीन बताएंगे,
अरे! कोरोना ने, अमीरों की चक्की के आटे की पोल खोलकर रख दी है,
शुगर-डायबिटीज, दिल की बीमारी देकर, कोरोना से मौत लिख दी है,

मेहनती गरीब तो, तब भी जी लेगा जैसे-तैसे करके, जुगाड़ से कोरोना को भी झेलकर,
पर आलसी अमीर का क्या होगा, जब संक्रमण तबाही मचा देगा कमजोर नसों में फैलकर,
अमीरों को बहुत कर्ज दिया, थोड़ा गरीबों को भी, देकर देख लो,
दुआएं भी देगा, देश को आत्मनिर्भर भी बना देगा,
मल्टीनेशनल कंपनियों पर विश्वास बहुत किया, एक बार गरीब ठेले वालों, नुक्कड़ की दुकान वालों, पर भी करके देख लो,
10 गुना करके लौटा देगा, गरीबी भी मिटा देगा,
खुद झाड़ू लगाएगा, खुद पोंछा लगाएगा, दुकान को चमकाकर जन्नत बना देगा,
अरे! स्वाद तो सच में, हाथों में ही होता है, ग्लव्स पहन कर भी,
असली देसी स्वाद की महिमा समझा देगा,

21. क्वालिटी टाइम

लॉकडाउन में सोफा पर पड़े-पड़े, टीवी देखना और पकौड़े खाकर पादना, क्वालिटी टाइम नहीं है,
बंद में बिस्तर पर पड़े-पड़े, खाना-पीना और पड़े रहना, खटिया तोड़ना, क्वालिटी टाइम नहीं है,
डर के कारण बाहर ना निकलना और घर पर कुछ भी काम ना करना, क्वालिटी टाइम नहीं है,
दिन-रात न्यूज चैनल लगाकर, टकटकी लगाना, पेट फुलाना, फालतू गर्राना, क्वालिटी टाइम नहीं है,

क्वालिटी टाइम होता है बच्चों को खिलाना उनका ख्याल रखना, उन्हें पढ़ाना-लिखाना,
घर पर रहकर बीवी का हाथ बटाना, उसकी मदद करना, बातें करना, प्यार और रोमांस करना,
बड़े-बुजुर्गों से ज्ञान प्राप्त करना, उनकी सुनना, उन्हें बताना, कुछ उनके अनुभवों से सीखना,
मिलकर काम करना, योग और कसरत करना, हंसी-मजाक करना, खेलना-कूदना और खुशियां मनाना,

पर असली क्वालिटी टाइम पता है क्या होता है? जिससे आप अपने आप को धन्य कर सकते हो,
ध्यान लगाना, आत्ममंथन करना, भूत, वर्तमान और भविष्य से परे निर्मोही होकर खुद को पहचानना,
शौक पूरे करना, कुछ रचनात्मक करना, चित्र बनाना, लिखना, गाना, बजाना या नाचना,

सत्य के साक्षात्कार कर, आत्मज्ञान प्राप्त करना ही, जीवन का एकमात्र लक्ष्य बनाना,

तुम कौन हो? इस सवाल का उत्तर ढूंढना ही, मानव जीवन का सर्वोच्च कर्म है, मुक्ति पाना है,
खुद को पहचानना, खुद के साथ रहना, खुद से बातें करना ही, खुदा को पहचानना है, सच्ची साधना है,
जीवन को व्यर्थ ना जाने देना, समय का सदुपयोग करना, शोध करना ही लॉकडाउन का सही उपयोग होगा,
आपदा को अवसर बनाकर, समाज के उद्धार के लिए, कुछ पॉजिटिव करना ही असली, क्वालिटी टाइम होगा,

22. शराब कांड

कुछ हिंदू होते हैं, कुछ मुस्लिम होते हैं, आपस में लड़ते रहते हैं,
पर मिल-जुल कर पीने और पिलाने वाले, ज्यादातर शराबी होते हैं,
कुछ नीच जात के होते हैं, कुछ ऊंची जाति के, ऊंच-नीच का तमाशा करते रहते हैं,
साथ बैठकर गिलास खनखनाते हुए, एक ही थाली में चिकनगु खाते, शराबी होते हैं,
कुछ अमीर होते हैं, कुछ गरीब, कई जलते हैं, कई गुर्राते हैं,
शराबी कभी नाले में मौज-उड़ाते, कभी स्विमिंग पूल में पूल-पार्टी मनाते हैं,
कुछ स्त्री होती हैं, कुछ पुरुष होते हैं, कुछ हुस्न जाल बिछाती हैं, कुछ बलात्कार करते हैं,
पर शराबी, कुछ भी जबरदस्ती नहीं करते, फिर भी अपराधी शराब को दोष लगाते हैं,
कुछ कोरोना से डरकर छिपते हैं, कुछ संक्रमण फैलाते हैं, कुछ हाय-तौबा मचाते हैं,
शराबी जब तक नशे में है, तब तक कुछ फर्क नहीं पड़ता, नहीं तो, होश में आ जाते हैं,

लॉकडाउन में शराब की दुकानें क्या बंद हुई, शराबी पागल होकर बेपर्दा-से हो गए,
पागलों की तरह बोतलें खँगालने पर भी, ना मिली दारू, तो अधमरे-से मुर्दा हो गए,
मंडली लगाकर, कभी खुशी, कभी गम बांटना, दक्ष दार्शनिकों की तरह, हर मुद्दे पर बहस करना,

हंसना-रोना, खेलना-कूदना, नाचना-गाना, गिरना-उठना, जाम बनाकर झलकाना, गला तर करना,
सब कुछ तो, बेदर्दी से छीन लिया, लॉकडाउन में चार आदमी, शराबी अब इकट्ठे नहीं हो सकते,
दारू तो छीनी ही उसके साथ, गुटका सिगरेट भी छीन लिए, कुछ खा-पीकर, मौज-उड़ा नहीं सकते,
हाय रे! बिन दारू, बिन गुटका, बिन सिगरेट के कश के, जीवन बेकार है,
पर, मर भी नहीं सकते, हम ही से तो, दुनिया टिकी है, बंद खुलने का इंतजार है,
सच में देश को दरूआ, नशेड़ी, गंजेड़ी, जुआरी ही मोटा टैक्स भरकर चलाते हैं,
इनके ही तो, शौक बड़े हैं, अपना घर फूंककर, देश की अर्थव्यवस्था को दौड़ाते हैं,
रे कोरोना, तू भी तड़पा ले, सितम ढ़ा ले, देखते हैं कितना तड़पाएगा, जल्द ही बंद खुल जाएगा,
कुछ ही दिनों में रोने लगेंगी सरकारें, आर्थिक घाटे को सह नहीं पायेंगीं, तब ठेका भी खुल जाएगा,

शराबी पीकर पड़े रहे तो, उसी में देश की भलाई है, होश में मत आने दो, शांत पड़े रहने दो,
नशेड़ी हंगामा नहीं करेंगे, कोरोना संकट को समझते हैं, पर आप भी उन्हें समझो, ठेके खोल दो,

क्यों दरूआ को हिंदू-मुस्लिम, ऊंच-नीच, अमीर-गरीब, स्त्री-पुरुष, सिखाना चाहते हो?
निर्दोषों को शराबी-नशेड़ी ही रहने दो, छेड़ो मत, चुपचाप से सारी दुकानें खोल दो,
अरे! इनको कोरोना नहीं फैलाना, यह तो, सबसे समझदार प्राणी, सतर्क और सावधान है,
एक-एक बोतल दे दो बस, इनको तो, खुली-बोतल ही इनके लिए, अपने आप में लॉकडाउन है,
यह तो, चुपचाप पीकर, सोने को भी तैयार हैं कोरोना से शोक में आखिर! पार्टी कैसे मना सकते हैं?
लोग मर रहे हैं, चारों तरफ मौत का साया है, इतना गम पचा नहीं सकते, हाँ, पीकर तो, भुला सकते हैं,
पीने दो इन्हें, मुझे, छिपाने वाले, बताने वाले सबको पीने दो, कोरोना से मरने से पहले, मजे ले लेकर, खुलकर जीने दो,
भले ही दारू की कीमतें, जो मर्जी बढ़ा लो, अर्थव्यवस्था को भी पटरी पर ला लो, देश आत्मनिर्भर बना लो, पर पीने दो।

23. हनी ट्रैपड इन कोरोना

सबको याद ही होगा, हनी ट्रैप का मामला,
हुस्न के जाल ने मचा दिया था हड़कंप, जलजला,
कुछ अति सुंदर बालाओं ने, अमीरों को फंसाया था,
कुछ को गिराया था, कुछ को उठाया था,
नेता नगरी में, भूचाल-सा आ गया था,
व्यापारियों में, जंजाल-सा मचा दिया था,

छोटे-मोटे टेंडर से लेकर, बड़े-बड़े सौदे भी, ट्रैपड हो जाते थे,
नेताओं की खरीद-फरोख्त या सरकार बनाना-बिगड़ना, सब फिक्स हो जाते थे,
अजब-गजब का हुस्न है, इन कम उम्र की कमसिन-कलियों की अदाओं में,
सरकारी बाबू से लेकर, बड़े-बड़े अधिकारी तक, झूला-झूलते हैं, इनकी गोदियों में,

मीटिंग-कॉन्फ्रेंस, सरकारी-प्राइवेट टूर, सब मस्त-लड़कियों के आगोश में होते थे,
दिनभर भ्रष्टाचार करते, हुस्न के इशारों पर नाचते, रात में अरमान पूरे होते थे,
ऐसा काला जादू, नशीली आंखों से फैलाती थी, होठों से ऐसा जाम झलकाती थी,
शिकंजे में आते ही, अच्छे-अच्छे लंगोट के पक्के, ईमानदारों की भी नियत डोल जाती थी,

पर कोरोना ने सारा बट्टा बैठाया है, उड़ती तितलियों को घर पर बैठाया है,
भ्रष्टाचार तो, आज भी हो रहा है पर, खरीद-फरोख्त में बहुत खर्चा बढ़ाया है,
पैसा तो, क्या है, हाथ का मैल है, पहले जो मजा मिलता था, वह सब गंवाया है,
लॉकडाउन ने हुस्न की बालाओं का और उनके, ठेकेदारों का सारा धंधा बंद कराया है,

पर, कब तक भ्रष्टाचारी, बिना मस्ती के रह पाएंगे,
काम तो, करना ही है, आखिर कब फिर से कांड कर पाएंगे,
काश! कुछ ऐसा टीका आ जाए, जो कोरोना को मिटा दे,
लोगों की जान बचा ले और इनको पूरा-पूरा मजा दे,

आखिर कब तक, क्रीमी, लच्छा-परांठा छोड़कर, अधिकारी सूखी-रोटी खाएगा,
कब तक नेता, लेगपीस, बटर-मसाला छोड़कर, सब्जी-भाजी से काम चलाएगा,
ना जाने कब-तक, बड़े-बड़े व्यापारी, पांच-सितारा डिनर त्यागकर, घर से टिफिन ले जाएंगे,
कब तक बाबू, नेताओं, अधिकारियों, व्यापारियों की फेंकी हड्डी के लिए लार टपकाएंगे,

ना जाने कब तक, कोरोना जाएगा, ना जाने कब तक तड़पाएगा,
समुद्र में मस्त मछलियां तो बहुत है, पर ना जाने कब जाल डाल पाएगा?
पता नहीं कब, किसी जंगली-जवानी के मस्त-जाल में फंस कर, स्वर्ग की सैर कर पाएगा,
कोरोना ने सब मजा खराब कर दिया है, संक्रमण जाएगा, तभी तो, चिपकू-मस्ती कर पाएगा,

भ्रष्टाचार तो, तब भी करना ही पड़ेगा, क्योंकि यह तो, पुरानी बीमारी है,
कोरोना तो, बाद में आया, लालच का संक्रमण सब पर, पहले से ही भारी है,
हेरा-फेरी तो, करनी ही पड़ेगी, कुछ गंदी लत से, कुछ ऊपरी दबाव पड़ने के कारण,
कुछ अपने फायदे के लिए, कुछ दूसरे का फायदा, कराने के आदेश मिलने के कारण,
पर अब भ्रष्टाचारियों को भी, पाप कर्म करने में, वैसा मजा नहीं आ पाएगा,
आत्मा जलेगी अगर, तो अब झेलना पड़ेगा, हुस्न सरोवर में ठंडक नहीं पा पाएगा,
अगर जलकर, हवस पर ईमान हावी हो जाएगा तो, भ्रष्टाचारियों का सारा नशा उतर जाएगा,
तो फिर नशेड़ी को नशा कराकर, काम निकालने का धंधा भी दम तोड़कर, तुरन्त चौपट हो जाएगा,

यह लॉकडाउन, कहीं बहककर डोले ईमान के, अध बने नए-नए भ्रष्टाचारियों को, लॉकडाउन कर, शिष्टाचारी बनाकर, संक्रमण की चेन ना तोड़ दे,
और पाप की कमाई खा-खा कर, बीमार पड़े, बड़े शिकारियों को कोविड संक्रमित कर, उठाकर सिस्टम की साफ-सफाई कर, सबका भांडा ना फोड़ दे,
आत्म सुरक्षा हेतु लोगों को सतर्क बनाकर, शकीला कर, अन्जान हसीनाओं से चिपका-चिपकी का धंधा बंद कराकर, हनी ट्रैपड ना कर ले,
मौत का नंगा तांडव दिखाकर, लोगों की आंखें खोलकर, आत्मा में मरे पड़े, ईमान को उठाकर, देशभक्ति की भावना को, आत्मनिर्भर ना कर दें,
लगता है कोरोना सब पर भारी पड़ेगा, पर बेपरवाही, लापरवाही सहित, आलसी, कामचोरों, भ्रष्टाचारियों और ढीले लोगों को, तो मौत ही आ जाएगी,
सावधान ईमानदारी के साथ, मेहनती, जिम्मेदार, कर्त्तव्यनिष्ठ, सजग-सतर्क, चरित्रवान लोग बच जाएंगे, तो कोरोना महामारी भी गच्चा-खा जाएगी।

24. विष कन्याओं से बेअसर कोरोना

विष कन्याएँ भी तो, कन्याएं ही है,
शक्ल-सूरत से भी तो, लड़कियां ही हैं,
हाथ-पांव, कद-काठी भी लगभग, वैसी ही है,
अंदर का मैटेरियल भी तो, सेम टू सेम ही है,

पर कैसे? यह आदमी को तुरंत, अपने जाल में फंसा लेती हैं?
क्यों आदमी सबकुछ भूलकर, इन पर सबकुछ लुटा देता है?
क्या जादू कर देती है?
कैसे यह सदाचारियों को भी दुराचारी, भ्रष्टाचारी बना देती हैं?
आखिर कैसे मीठी बातों में फंसाकर, देशभक्त को भी देशद्रोही बना देती हैं?

जिन लोगों को यह अपना शिकार बनाती हैं, उनकी औरतें भी कम कमसिन नहीं होती,
भाई, अमीरजादों को चुन-चुन कर तलाशी हुई, रसभरी मस्त-मस्त स्मार्ट बीवियां मिलती हैं,
पर विष कन्याएँ, मां-बहन, बेटी, पत्नी जैसी नहीं होती, जो
शर्म-हया और कायदों से लदी और ढकी होती हैं,
वह तो, भरी बंदूक होती हैं काम वासना जगाने वाली, मदमस्त कर देने वाली अप्सराएं होती हैं, खुली होती हैं,
भले ही अमीर, रोज कच्ची-कलियों को मसलता हो, घर पर भी माल खाता हो, बाहर भी कमाल दिखाता हो,
पर, विष कन्याएँ अपनी कला में दक्ष होती हैं, शिकारी को भी,
शिकार बना सकती हैं चाहे जितना भी खतरा हो,

प्रशिक्षण के दौरान, विष कन्याओं का ब्रेन वॉश कर दिया जाता है,
फिर उसमें केवल काम वासना को लोड कर दिया जाता है,
कुछ अपनी मर्जी से, बदला लेने हेतु, आत्मघाती बन जाती हैं,
तीसरा फायदा उठाता है,
कुछ को जबरदस्ती बदल कर, अनियंत्रित कर दिया जाता है,
इनसे शादी ना करने, बच्चे ना जनने, परिवार ना बनाने, भावनाओं में ना बहने का वचन लिया जाता है,
संगीत-नृत्य जैसी, 64 कलाओं के साथ, चालबाजियों की उपाधियों से सज्ज, अमोघ अस्त्र बना दिया जाता है,

बीवियाँ क्या मजा देगी, उन्हें और भी तो, दूसरे काम करने होते हैं,
घर संभालना, बच्चों को संभालना, ऑफिस, बिजनेस संभालने होते हैं,
तब मौका पाकर, काला जादू चला कर, विष कन्याएँ इनके पतियों को संभाल लेती हैं,
नाच तो घरवाली, बाहर वाली भी सकती है, पर विष कन्याएँ भौचक्का-सा कर नचा देती है,

बाली की तरह, आधा दम खींचकर, सारा काम तमाम कर देती है,
इनकी अदाओं में कामदेव का आशीर्वाद समाया हुआ होता है,

काम-वर्षा कर, खेल-खत्म कर देती हैं,
पुराने अनुभवों की दम पर, अचूक मादक, जाल फैलाकर, बड़े-बड़े शिकारियों को भी बेदम कर देती हैं,

सच्चे पत्नी भक्तों को भी मस्ती भरी चाल में उलझा कर, सुप्त हवस को जगा कर, बेवफा सनम कर देती हैं,
अच्छे-अच्छों को मजा चखाकर, पढ़े-लिखो को भी, पतली-कमर, लंबे-बालों से भटकाकर, टूटी कलम कर देती हैं,

कोरोना ने इनके काम को, थोड़ा-सा कठिन कर दिया है, पास बुलाना मुश्किल हो रहा है,
अब इनको, अपने शिकार को और अधिक तड़पाना पड़ रहा है,
भटकाकर, भुलक्कड़ बनाना पड़ रहा है,
संक्रमण के डर से, शिकार चिपकना तो चाहता है, पर पीछे हट रहा है, ज्यादा आकर्षित करना पड़ रहा है,
शिकारी को भी प्राणों से ज्यादा, कीमती भव्य दांव लगाना पड़ रहा है, मौत का डर भी भुलाना पड़ रहा है,

विष कन्याओं को कोरोना काल में, अपने विष को और मादक, रसीला, करना पड़ रहा है,
छूना मना है, इसलिए खुद को अति मनमोहक बनाकर, शिकार को वशीकृत करना पड़ रहा है,
जादुई तन-बदन, हुस्न आकर्षित कर, मदमस्त कर देने वाला इंद्रजाल फैलाकर,
कोरोना के खौफ को फना करना पड़ रहा है,
पहले जो काम चुटकियों-मुश्कियों में हो जाता था, अब इस आपदा में, पूर्णाहुति कर,
भावनात्मक रूप से अटकाकर, मनाना पड़ रहा है,

पर कोरोना काल में भी, आदमी इन विष कन्याओं के जाल में
फंस ही जाता है,
सामाजिक दूरी को किनारा कर, हवस में जकड़कर, जहरीली
अप्सराओं के गले लग ही जाता है,
कितना बेवकूफ है, सब कुछ पता है, फिर भी माया-जाल में गहरा
फँसकर, सब कुछ भूल ही जाता है,
लॉकडाउन में घर में रहने की कसमें खाकर, नशीली आंखों में
डूबकर, बाहर लॉकडाउन हो ही जाता है,

विष कन्याओं का धंधा, ऐसे चूल्लबाजों में, चुल्ल उठाकर ही तो
चलता है,
कोरोना से फर्क नहीं पड़ता, हुस्न, जान-जहान पर भारी पड़,
आदमी को हवस में जकड़ता है,
हवस एक अमर राक्षस है, कभी भी किसी के भी, दिलों-दिमाग
पर काबू पा सकता है,
विष कन्याएँ तो, मात्र माध्यम है, असली विषाणु तो, आदमी के
भीतर ही छुपा रहता है,

आदमी पहले से ही छिछोरा है, जिस पर सामाजिकता का सभ्य
टीका, काबू रखता है,
हवस का विषाणु मौके की तलाश में, ऐसी ही विष कन्याओं की
आस में बेताब रहता है,

मिलकर दोनों खूब रंग जमाते हैं, आदमी को अपना गुलाम बना कर, जो मर्जी फरमाते हैं,
शिकार खुद तो लुटता ही है, उसका घर-परिवार, धन-दौलत, इज्जत-कारोबार, कई बार तो, देश तक लुट ले जाते हैं,

कोविड से फर्क नहीं पड़ सकता, हवस का निशाचर, मनचला और रातों की रानी, विष कन्या का तो, सिक्का चलता है,
आदमी को इन हैवान-चुड़ैलों से औरत ही बचा सकती है क्योंकि लोहे को लोहा, हीरे को हीरा ही काट सकता है,
औरत के प्यार के बिना, हर आदमी अधूरा है और ऐसे अधूरेपन को कोई भी आकर, गलत तरीके से पूरा कर सकता है,
हर औरत चाहे तो, अपने मर्द को थोड़े से प्रयासों के द्वारा, अपना दीवाना बना सकती है, जिसको कोई भ्रष्ट नहीं कर सकता है,
संपूर्ण समर्पित पति तो, तीनों लोकों में अजेय होता है, माया उसे क्या विचलित करेगी, वह तो स्वयं मायापति होता है,
कतई मत भूलो हर औरत में, रति साक्षात् वास करती है, काम उसके इशारों पर नाचता-फिरता, संतोषी सुखी होता है,
औरतों में रति को जागृत कर, उसका सदुपयोग सुनिश्चित करना, आदमियों की ही नैतिक जिम्मेदारी है,
मर्जी है आपकी, आप क्या चाहते हो, शापित माया में फँसकर विनाश चाहते हो या हवस को गुलाम बनाने की तैयारी है,
शक्ति पक्षपात नहीं करती, राक्षसों के पास भी होती है, मानवों के पास भी होती है,

कुछ घर की इज्जत होती हैं, कुछ घर को बर्बाद कर देती हैं,
राक्षस तो, राक्षस ही ठहरे, गंद ही है फैलाएंगे, पर विश्वास से बंधे
आदमी-औरत की शक्ति खास होती है, इनको पराजित कर देती है,
विष कन्याएँ तो क्षणिक सुख का छलावा हैं जीवन साथी संपूर्ण
जीवन को परमानंद से भर देती है,
पूजा करो अपनी औरत की वह बुरी बलाओं को भगााकर, घर
खुशियों से भर देती हैं।
पर घरवाली पर विश्वास रखते हुए, सहयोग प्रदान कर उत्साह
बढ़ाना भी जरूरी है।
घरवाली को ही प्यार-दुलार, ख्याल-इज्जत से अमृत बनाकर सशक्त
बनाना भी जरूरी है।
सतर्क सचेत आत्म विश्वासी को, कोई भी संक्रमित नहीं कर
सकता, चाहे वह बहरूपिया कोरोना हो या कोई डोरे डालती
विषैली महामारी हो,
घर से बाहर पूरी तैयारी के साथ, खा-पीकर ही निकलना चाहिए,
कोई कुछ नहीं बिगाड़ पाएगा, उस आदमी का, जिस की बीवी
उक्त वर्णित चमत्कारी हो।

25. नाई, हलवाई पगला गए

नाई की दुकान पर, दाढ़ी बनवाने जाता था,
मीठी-मीठी बातों में आकर, मसाज करवाकर आता था,
चिंदी-चोर, पैसा बचाने वाला, नखरे तो बताता था,
पर, गंदी तोलिए की बदबू भी, चुपचाप पी जाता था,
जब से कोरोना आया है, सारे नाई घर बैठे-बैठे सोचते हैं,
आज तक, तौलिये से कभी संक्रमण नहीं फैला, फिर आरोप क्यों लगते हैं?
नाई पगला गए, हलवाई ठिकाने लग गए,
कोरोना के चक्कर में, कईयों के बट्टें, बैठ गए,

हलवाई के पसीने से, सब्जी में स्वाद आता था,
थोड़े गुटके के छींटों से, जायका-सा लग जाता था,
हलवाई की इज्जत, समाज में बहुत ज्यादा होती थी,
शादी-विवाह, सालगिरह, की बुकिंग बेहिसाब होती थी,
कोरोना ने सारे समारोह धवस्त कर डाले, लग गये शादी गृहों में ताले,
हलवाई के कम चमकदार बर्तन, पड़े-पड़े हो गए काले,
नाई पगला गए, हलवाई ठिकाने लग गए,
कोरोना के चक्कर में, कईयों के बट्टें, बैठ गए,

टिक्की वाले की कहानी भी, नाई-हलवाई जैसी ही है,
आलू की टिक्की, करेला खाने की बात, अब सपने जैसी है,
समोसा-कचौड़ी, दही-जलेबी का भी बुरा हाल है,

यह सब तो छोड़ो, सैर-सपाटे को भी निकलना जंजाल है,
लॉकडाउन ने सबकुछ बंद कर दिया, ना जाने कितनों को तंग कर दिया,
मंदिर-मस्जिद बंद करा दिए, तो भिखारियों का ईश्वर से मोह भंग कर दिया,
नाई पगला गए, हलवाई ठिकाने लग गए,
कोरोना के चक्कर में, कईयों के बट्टा बैठ गए,

अनलॉकडाउन में, नाई ने दोबारा दुकान खोली तो, हर चीज बदल चुकी थी,
तौलिए मस्त धुले थे, धूल का निशान तक न था, कैंची भी सैनिटाइज हो चुकी थी,
हलवाई ने भी अपनी ड्रेस लगा ली थी, जेंटलमैन की तरह
टोपी-मास्क से कॉलर उठा ली थी,
3 महीने के बंद और बेरोजगारी ने, गुटका-चबाना छुड़ा दिया, ना थूकने की कसम खा ली थी,
नाई हाई-फाई हो गए, हलवाई, महाराज पुजारी हो गए,
कोरोना से सबक लेकर, सर्विस चार्ज आसमानी हो गए,

मुफ्त में कांख-नाक के बाल बनवाकर, दाम कम चुकाने वालों की, औकात नहीं रही, दाढ़ी बनवाने की, थूकने वाली पिचकारियों की, बदतमीजियाँ, नो एंट्री कर, महा आलसी घिनाओ को सफाई चिढ़ाने लगी।

हलवाई महाराज होकर, रसोई की जांच-पड़ताल करने लगे, सफाई से समझौता ना कर, शर्तें रखने लगे,
भैंरा-भैंरा कर खाने वाले, भुक्कड़ भूखे रह गए, यहां-वहां गंदगी फैलाने वाले, देशद्रोही कचरा-पात्र खोजने लगे,
जैसा देश वैसा भेष, नाई-हलवाई बदले तो, आम-जनता को भी बदलना पड़ेगा, साफ-सफाई का ख्याल रखना पड़ेगा,
जैसा-काम वैसा-दाम, उच्च-स्तर की सेवाएं पाकर, दरियादिली दिखानी पड़ेगी, कंजूस-मक्खी चूस को खुद नाई-हलवाई बनना पड़ेगा,
नाई हाई-फाई हो गए, हलवाई, महाराज पुजारी हो गए,
कोरोना से सबक लेकर, सर्विस चार्ज आसमानी हो गए,

नाई-हलवाई, आम-आदमी, छोटे-दुकानदार, ठेले-खोखे वाले, गली-नुक्कड़ वाले, ऑटो-रिक्शा वाले, सेवा प्रदान करने वाले इत्यादि के प्रतिनिधि हैं,
इनकी जरूरत हर इंसान को, रोज पड़ती ही है, इनके बिना काम नहीं चलता, परेशानी उठानी पड़ती है, यह आम नहीं खास हैं, अब दुनिया समझती है,
बेचारे चिल्लड़ों में पैसा कमाते थे, बड़े काम करके छोटे कहलाते थे, समाज ने खुद इनको नीचा बनाया था, तो कुछ गरीबी में पैसा भी बचाया था,
पर कोरोना के लॉकडाउन ने, सबकी आंखें-खोल दी, साफ-सफाई की अहमियत बताकर, स्वच्छ-भारत की पोल-खोल दी, सबको

खुद की गंदगी का एहसास कराया था,
कोरोना को भगाने के लिए, सबको अपना-अपना स्तर बढ़ाना होगा, देश को स्वच्छ बनाने के लिए नहीं, जान बचाने के लिए झाड़ू-पोंछा लगाना होगा,
कोई काम छोटा नहीं होता, हर काम को बड़ा बनाना होगा,
आत्मनिर्भर बनकर, स्वदेशी, सैलून-रेस्टोरेंट्स इत्यादि का उत्साहवर्धन कर, बैंक से लोन दिलाना होगा,
बेरोजगारी, गरीबी मिटाकर, आम आदमी की जेब में, खर्च करने, शौक पूरे करने, टिप-बखचिंश इत्यादि देने के लिए, अतिरिक्त पैसा डालना होगा,
जुगाड़ से नहीं, नया मजबूत-ठोस, सुखी-सदाबहार, समृद्ध-भारत बनाने हेतु, खून-पसीना, ज्ञान-मेहनत से विकास का पहिया घुमाना-दौड़ाना होगा,
नाई-हलवाई पढ़े-लिखे, शिक्षित-सफल व्यापारी हो जाएंगे,
आपदा को अवसर बनाकर, भारतवासी विश्व गुरु कहलाएंगे,

थोड़ा मुश्किल है, पर मिल-जुलकर निपटा लेंगे, कोरोना से लड़ते हुए चीन को सबक भी सिखा देंगे,
पुरानी आदतों को मिटाकर, नए शौक बना लेंगे, देसी-तड़का लगाकर, दाल-फ्राई विदेशियों को भी खिला देंगे,
कुछ दो-ढाई हजार सालों से, आक्रमणकारियों की मिलावटों से, संस्कृति पर लगे, दाग-धब्बे धोकर, चमकाकर हड़प्पा-मोहनजोदड़ो बना देंगे,

वेद-उपनिषद्, ग्रंथ-पुराण, योग-आयुर्वेद को पुनः स्थापित कर, नई वर्ण-व्यवस्था लाकर, नाई-हलवाई के प्रशिक्षण हेतु विश्वविद्यालय बना देंगे,
लोकल को ब्रांड बनाकर, सिंगल को फेंचाइजी बनाकर, आत्मज्ञान से, आम को खास बना देंगे,
खोई प्रसिद्धि वापस लाकर, मसाला-चाय से आगे बढ़कर,
विज्ञान-टेक्नोलॉजी में लोहा मनवा लेंगे,
नाई-हलवाई पढ़े-लिखे, शिक्षित-सफल व्यापारी हो जाएंगे,
आपदा को अवसर बनाकर, भारतवासी विश्व गुरु कहलाएंगे,

26. अब सब चलता हैं

जब से कोरोना आया, सिर्फ और सिर्फ कोरोना ही चल रहा है,
एक-दो से शुरू हुआ, लाख, दो लाख, करोड़ों में उछल रहा है,
पहले टेलीविजन पर, कोरोना ही कोरोना छाया था,
आजकल सबके मुंह बंद हैं, नए आंकड़ों ने मुंह बंद कराया है,
शुरुआत में, विशेषज्ञ बहुत ज्ञान बांटते थे,अब बगलें झांकते हैं,
बड़े शौक से लॉकडाउन लगाया था, अब उल्टा-रास्ता नापते हैं,
अब कोई नहीं पूछता, आज कितने केस आए, क्या चल रहा है?
सबको पता है, लुटिया मँज चुकी है, पर हिम्मती कांटों पर चल रहा है,

पहले कोरोना, डर और खौफ के साथ चलता था,
अब बेधड़क लोगों की, बेफिक्री में मस्ताता दौड़ता है,
नया-नया ब्रांड कोरोना, सबको हैरान, परेशान करता था,
अब खुद हैरान-परेशान है, क्योंकि लोगों को फर्क ही नहीं पड़ता है,
डरे हुए लोग, विषाणु-मुक्त किए बिना कुछ भी छूते नहीं थे,
उपयोग करने की बात तो छोड़ ही दो,
अब सब जैसे का तैसा है, कोरोना अनियंत्रित है, फिर भी गौर नहीं करते, चलता है तो चलने दो,
अब कोई नहीं पूछता, आज कितने केस आए, क्या चल रहा है?
सबको पता है, खुद ही निपटना पड़ेगा, आत्मनिर्भरता से चल रहा है,

मस्त रहो मस्ती में, आग लगे बस्ती में, वाली सोच ट्रेंड कर रही है,
लोग मर रहे हैं, स्थिति बिगड़ रही हैं, फिर भी जनता मौज कर रही है,

ख्याति खोकर कोरोना भी, आश्चर्यचकित हो जाता है, भारत में फंसकर, पछताता है,
कोरोना जैसे कई आते हैं, चले जाते हैं, पर लोगों का अंदाज नहीं बदल पाता है,
लाख लॉकडाउन लगा लो, पढ़ा लो, लिखा लो, पर अति होने पर, आवारा-दीवाना, मस्ताना-परवाना हो जाता है,
लोगों का तो काम ही है बातें बनाना, युद्ध में पराक्रम दिखाता जोशीला योद्धा, अति विश्वासी-सा हो जाता है,
अब कोई नहीं पूछता, आज कितने केस आए, क्या चल रहा है?
सबको पता है, लड़ाई लंबी हो चुकी है, निडरता से प्रतिकार चल रहा है।

27. थुक्कड़ गैंग का द एंड

घर से निकलते ही, बच-बच कर निकलता था,
दो-पहिया वाहन से लोगों के मुंह ताँकता चलता था,
क्या पता, कौन कहां से थूक दे, कुछ पता नहीं? संभल कर चलता था,
कईयों बार थूक उचट कर, मुंह पर छप जाता, दिन खराब हो जाता था,
चिड़चिड़ाते हुए परेशान होकर, मन ही मन में कोसता, बेमन थूक पोंछता, मन में रोता हुआ चलता था,
गुटका-खोर, थुक्कड़ गैंग का राज, पूरे शहर पर एकतरफा चलता था, अकेला क्या लड़ता, दबकर चलता था,

सिनेमा घर में फिल्म देखने जाता, तो पहले सीट पर थूक चेक करता था,
सीट के नीचे, आसपास देखता, फिर भी थूक पिछवाड़ा गीला करता था,
इंटरवल में टॉयलेट जाता तो, पैर फिसलने से डरता हुआ, कीचड़ से निकलता था,
दिल पर पत्थर रखकर फिल्म देखता, क्योंकि ऊपर से ठहाकों के साथ थूक बरसता था,
थुकेड़ियों के थूकने के कारण, सिनेमाघरों का फर्श लाल होकर, चिपचिपाता-घिनियाता रहता था,
दीवारों पर किसी का थूक थूका, मन में पतार-सी चलकर, रिसता हुआ आत्मा को छीलता था,

बाजार के कोने-कूचों को तो, छोड़ ही दो, खुले आम
सड़क-चौराहों पर थूक का राज था,
सौंदर्य की या तो, परिभाषा बदल-सी गई थी, या थूका-थूक ही
सौंदर्य का ताज था,
फल-सब्जी वाला, दुकानदार, मिठाई वाला, ठेले वाला और
खरीददार, थूकने में उस्ताद थे,
सारा माल तो थूक देते थे, फिर भी कर्क रोग के इलाज में भयंकर
बर्बाद थे,
ऊपर से कोरोना संक्रमण आया, लॉकडाउन भी ले आया, खुले में
थूकना बंद कराया,
कुछ महीने थूक गटका, गुटका बंद हो गया, यहां-वहां भटका,
थुक्कड़ बेमौत मारा गया,

आज अनलॉकडाउन में फिर से, यहां-वहां थूका देखता हूं, कोरोना
भी मचा है थूक भी मचा है,
जब कोरोना नहीं रोक पाया, कर्क रोग नहीं रोक पाया, तो फिर
अब और क्या आना बचा है?
सरकार भी हैरान-परेशान है, लोगों की थूकने की लत से, कोरोना
का डर तो, पीछे छूट चुका है,
अब तो, थुक्कड़ों का फिर से एक छत्रराज है, कोरोना भी थूक के
सैलाब में, डूब-घुँट चुका है,
अब घिन्याते रहने से क्या फायदा, अब और देखने और सुनाने को
क्या बचा है,

रेखांकन-2 'थुक्कड़ों पर लगाम'

मैंने भी आंखें बंद कर ली है, सरकार की तरह, आदमी हद से ज्यादा गुजर चुका है,

जब थूक ही थूक छा जाता है, तब कोरोना कोविड हो जाता है,
जब पाप का घड़ा थूक से भर जाता है, तब जानलेवा हो जाता है,
छोटी-छोटी बीमारियों के सहारे, महामारी तांडव मचाती है, तब कर्क रोग भी, शर्माता है,
एक दिन में, पचास हजार, आंकड़ा, बढ़ता है, तब थूक, मुंह में ही सूखकर फना हो जाता है,
गेहूं के साथ घुन भी पिस जाता है, परिवार समेत पड़ोसियों को भी पापी खा जाता है,
पर कोरोना, काल बनकर, स्वच्छता का संदेश फैलाता, पापियों को खाक कर जाता है।

28. कोरोना पर चर्चा

कोरोना पर चर्चा तो सब करते थे,
मैं भी करता था,
लॉकडाउन से अनलॉकडाउन तक,
जब मैं, दूध लेने घर से निकलता था,
मैं और मेरा पड़ोसी,
6 फुट का फासला लेकर,
मास्क पहनकर पैदल ही निकलते थे,
दबे पांव चर्चा करते हुए चलते थे,

मैं रोज अपने पड़ोसी से, कोरोना पर सवाल करता था,
रोज नए आंकड़े पूछता, जांच-पड़ताल करता था,
हमने कुछ से सौ,
हजार से हजारों,
हजारों से लाखों-करोड़ों, केस तक चर्चा की,
मैं, पड़ोसी को खुद से ज्यादा समझदार समझता था,
उसकी बातों को ध्यान से सुनता, फिर जीवन में उतारता था,

लॉकडाउन में हम यदा-कदा ही, घर से निकलते थे,
बहुत जरूरी काम से ही घर छोड़ते थे,
सब्जी भी हफ्ते भर की ले आते थे,
दिन भर धूप में छोड़कर, शाम को धोकर, फ्रिज में रखते थे,
कुछ सड़ जाती थी, तो फेंक देते थे,
पर संक्रमण से बचकर ही चलते थे,
डर तो, बहुत लगता था, पर सावधान रहते थे,

दिमाग चकरा-सा गया था, सोच-सोच कर,
कौन-सी सतह पर संक्रमण, कितनी देर तक टिकता है?
राशन का सामान, 3 दिनों तक, बाहर ही रख देते थे,
पानी का कैंपर, सर्फ से धोकर उपयोग करते थे,
दूध की डोलची भी, सैनिटाइज कर ही अंदर लेते थे,
पर, दूध लेने रोज निकलना ही पड़ता था,
बाहर नहीं जाते थे, कॉलोनी के गेट तक जाते थे,
वैसे हम बाहर से तो, अंदर सुरक्षित ही थे,
पर सब की चर्चा, चलते-चलते कर ही लेते थे,

कोरोना, एकदम से, महामारी बनते हमने देखा,
मौत के खौफ से संक्रमण का साया, हमने देखा,
लोगों का डरकर छुप जाना,
दूर-दूर रहना,
बात ना करना,
पगला-सा जाना, हमने देखा,
फिर कोरोना का डर, गायब होते भी हमने देखा,
लोगों का फिर से घर से निकलना भी देखा,
इंसानों का बेपरवाह होना,
भीड़ लगाना,
कोरोना की बात ना करना,
सचमुच का पागलपन हमने देखा,

कोरोना के लक्षण देखे,
विलक्षण, कोरोना मरीज देखे,
कोरोना को बदलते देखा,
लोगों को भी बदलते देखा,
लॉकडाउन देखा,
अनलॉकडाउन देखा,
दुकानें बंद होते देखा,
दुकानें खुलते देखा,
पुलिस को लाठियां भाँजते देखा,
पुलिस को हाथ पर हाथ रखकर बैठे देखा,
सारे तमाशे तो, देख लिए हमने,
पर कोरोना को मिटते नहीं देखा,

आज कोरोना लगातार बढ़ रहा है,
रोज पचास हजार से ज्यादा केस पॉजिटिव आते हैं,
कई देशों को पीछे छोड़, भारत चौथे नंबर पर आया है,
पहले नंबर पर, पहुंचने को दौड़ते देखा हैं,
क्या करें?
क्या बात करें?
अब जब, मैं और मेरा पड़ोसी, दूध लेने जाते हैं,
हंसी–मजाक तो, कर लेते हैं,
पर कोरोना पर बात नहीं करते,
ना मैं पूछता हूं, ना वह बताते हैं,

मन की बात, मन में ही रखते हैं,
कोरोना पर, चर्चा करने से बचते हैं,

बीच में एक आयुर्वेदिक दवाई आई थी,
बाबा ने बनाई थी,
एक उम्मीद-सी जगाई थी,
पर पचड़े में पड़कर,
कोरोना की दवाई,
सिर्फ रोग प्रतिरोधक क्षमता बढ़ाने की,
जुगाड़ तक सीमित हो पाई थी,
तब पड़ोसी ने बात की थी,
फिर दोबारा से चुप्पी साधी थी,
पर मुंह से एक गाली-सी निकल आई थी,
फिर एक दिन, टिड्डियों के झुंड ने हमला कर दिया,
तब बात हुई थी,
टिड्डियों में कितना प्रोटीन होता है,
चीनी कीड़े-मकोड़े क्यों खाते हैं,
चमगादड़, चीन पर भी बात हुई थी,
यह सब मन बहलाने के बहाने थे,
कोरोना के आंकड़ों से, ध्यान हटाने के नजराने-अफसाने थे,

वैसे, भारत-चीन सीमा-विवाद, संघर्ष का मुद्दा उचटकर,
गलवान घाटी पर हुई मुठभेड़,

हमारे बीस फौजी-जवानों की शहादत का मुद्दा, काफी संगीन था,
मेरे पड़ोसी ने, चीन को बहुत गड़ियाया,
वैसे वह, गालियां बहुत कम देता था,
पर उसके अंदर का, भिंड-मुरैना का पानी, उबलकर बाहर आया था,
उसने मेरे फोन से भी, सारे चाइनीज एप्स डिलीट करवा दिए,
सरकार ने भी मजे के लिए, टिक-टॉक चलाना अपराध बताया था,
भारत-चीन के किस्से, न्यूज चैनल्स की पसंदीदा खबर बन गए,
सुंदर-रिपोर्टर्स, झांसी की रानी बन गई,
मर्द पत्रकार, हथियारों के सौदागर, युद्ध तकनीक के विशेषज्ञ बन गए,
भारत की जनता का भी, खून उबाल मारने लगा,
विपक्षी नेता भी खड़े होकर तन गए,
सरकार-विपक्ष आपस में, भारत-चीन से ज्यादा लड़ गए,
कोरोना को भूलकर, आम आदमी फौजी बन गए,
पर यह सब, कोरोना का ही किया धरा था,
कोरोना फैलाकर, चीन सबका बाप बन गया था,
पड़ोसियों को खाने को दौड़ा था,
भारत की छोड़ो,
चीन से तो, अमेरिका भी परेशान है,
दुनिया की ऐसी की तैसी करने वाले, चमगादड़ चीन के कोरोना से, हर देश हैरान है,

मेरा पड़ोसी भी चिड़चिड़ाने-सा लगा है, अब उससे बात करना बेकार है,
क्या बात करें अब?
भारत-चीन तकरार से फैले रायते पर, बात करने से, देशभक्त होने पर, प्रश्न चिन्ह लगता है,
और भारत-चीन से हटकर, कोरोना के तांडव पर सवाल करने से, सरकार पर लांछन लगता है,
मजदूरों का पलायन, भूली-बिछड़ी बात हो गई,
गरीबों की परेशानी भी, बेकाम की बात हो गई,
कोरोना बढ़ता ही जा रहा है, पर ना तो कोई बात करता है,
ना कुछ बताता है, कोरोना जानकारियां तो जैसे, लुप्त हो गई,
अरे! अब तो, हिंदू-मुस्लिम ने भी, आपस में लड़ना, बंद कर दिया है,
जमातियों ने भी खुद को जाकर, क्वारेंटाइन सेंटरों में बंद कर लिया है,
कोरोना योद्धाओं पर हमले भी बंद हो गए हैं,
अलगाववादी-आतंकवादी भी, खुद ही तंग हो गए हैं,
पाकिस्तान भी, परेशान-सा होकर चुप है,
हां, चमगादड़ चीन और चीनी कोरोना, नाक में दम करके दबंग हो गए हैं,

भारत-चीन युद्ध होगा या नहीं,
यह तो पता नहीं,
पर अगर कोरोना से युद्ध, भारत हार गया तो, कुछ भी बचेगा नहीं,
शायद इसी दर्द को दिल में दबाकर, हम सब ने मुंह पर ताला लगाया है,

सरकार ने कोरोना के प्रकोप से डरकर, आत्मनिर्भरता का चस्का लगाया है,
सबको इंतजार है, विज्ञान के चमत्कार का,
कोरोना के इलाज से ज्यादा, कोरोना टीका से उद्धार का,
मैंने भी अपने पड़ोसी के मुंह से, चिड़चिड़ाहट के साथ, बार-बार सुना है,
कोरोना का टीका आ जाएगा तो, सब कुछ ठीक हो जाएगा,
चाहे मुद्दा कुछ भी हो, जवाब एक ही है,
कोरोना का टीका आ जाएगा तो, सब कुछ ठीक हो जाएगा,
बात चाहे, भारत-चीन युद्ध की अटकलों की हो, उपाय एक ही है,
कोरोना का टीका आ जाएगा तो, सब कुछ ठीक हो जाएगा,
लोगों की मौत की बात हो, वेंटिलेटरों की किल्लत की बात हो,
या बात हो अंदर से टूट चुके विश्वास की,
एक ही उम्मीद के कारण,
सब जिंदा है कुछ कहते हैं,
कुछ चुप रहते हैं,
कुछ चिड़चिड़ाते हैं,
कुछ उदासीन, बेखबर से हो गए हैं,
पर सबको इंतजार है,
दिल में एक ही बात है,
कोरोना का टीका आ जाएगा तो, सब कुछ ठीक हो जाएगा,

कुछ दिनों से मेरा पड़ोसी नहीं दिखा,
दूध लेने भी नहीं आया,

शायद बहुत डर गया है, मौत का डर उसके अंदर तक, उतर गया है,
मैं भी डरा हुआ हूं, हर तरफ डर का साया है,
पर जो आया है, जरूर जाएगा,
देखना एक दिन, कोरोना का टीका आ जाएगा,
और सचमुच, सब कुछ ठीक हो जाएगा,
पर, तब तक जिंदा रहना भी जरूरी है,
कोरोना पर, चर्चा भी जरूरी है,
हल्के-फुल्के अंदाज में, बातें करना भी जरूरी है,
हताश हो चुके दिल को, बहलाते रहना भी जरूरी है,
बातों-बातों में, बुरा समय भी निकल जाएगा,
देखना जल्दी ही,
कोरोना का टीका आ जाएगा
और सबकुछ,
बिल्कुल ठीक हो जाएगा,
फिर मिल-जुल कर बैठेंगे साथ में गोला बनाकर और कर लेंगे,
हर मुद्दे पर, विस्तार में चर्चा।

29. मजबूरी है, काम पर जाना है

पिछले, तीन-चार, महीनों से, देश जितना कोरोना से नहीं हारा,
उससे कहीं ज्यादा, आर्थिक तंगी से तंग आकर हारा है,
देश, लॉकडाउन से भी, कोरोना पर काबू नहीं कर पाया है,
उल्टा आर्थिक मोर्चे पर लड़खड़ाकर, अनलॉकडाउन ले आया है,

अनलॉकडाउन ने सारे किए कराए पर पानी फेर दिया है,
ना तो, अर्थव्यवस्था सँभली, ना कोरोना को संभाल पाया है,
सरकार को लगा होगा कि लोगों को शिक्षित कर दिया है,
पर लोगों को जैसा का तैसा नहीं, बद से बदतर पाया है,

कोरोना बढ़ता ही चला जा रहा है, तो लोगों को रोकना भी,
मुश्किल होता जा रहा है,
कुछ तो मजबूरी में काम पर जाते हैं, कुछ आवारा घूमने वालों ने,
आतंक-सा मचाया हुआ है,
लॉकडाउन नहीं है, कैसे रोक-टोके लोगों को, आवारा को पहचान
पाना मुश्किल होता जा रहा है,
कुछ तो कर्म योगी है, काम पर जाते हैं, मनचलों ने कामगारों का,
तमाशा-सा बनाया हुआ है,

भीड़ कोरोना को बहुत पसंद है, भीड़ पर अब,
नियंत्रण भी नहीं है,
भीड़-भाड़ है हर जगह, भीड़ को रोकने को सरकारी तंत्र भी
नहीं है,

भीड़ को खुद ही, समझना ही होगा, कोरोना अब तीसरी श्रेणी में है पहली में नहीं है,
मजाक-मजाक में मौत फैला रही भीड़ भ्रम में है, पर असल में कोरोना कमजोर नहीं है,

ना जाने किस बेवकूफ ने, यह अफवाह फैला दी कि कोरोना अब खुद ही कमजोर हुआ है,
भारत के लोगों पर उसका असर नहीं पड़ रहा, मजबूत रोग प्रतिरोधक क्षमता से ढ़ेर हुआ है,
दरअसल अभी तो कुछ भी नहीं है, महामारी का उच्च स्तर आना तो अभी बाकी है,
तबाही की अभी तो शुरुआत भर है, मौत का तांडव मचना तो, अभी बाकी है,

पर बेहोश लोग नहीं समझेंगें, जब तक मौत का आंकड़ा बढ़कर, दम नहीं घोंटता,
अरे! शर्म करो भीड़ तंत्र, बचकर रहो, दूसरों को भी बचाओ, क्यों भला नहीं सोचता?
जरूरी काम नहीं है तो, घर में रहो ना, क्यों बार-बार, उछल-उछल कर बाहर निकलते हो?
कुछ पर तो, जिम्मेदारी है, देश को बढ़ाने की, पर तुम क्यों फालतू में बाहर आकर दौड़ते हो?

कोरोना योद्धाओं को तो,निकलना ही पड़ेगा, लोगों की जान बचाने के लिए,
पैसा कमाने भी योद्धाओं को निकलना ही पड़ेगा, अर्थव्यवस्था बचाने के लिए,
बच्चों-बुजुर्गों, दुखी-बीमारों को संभालना होगा, अस्पतालों में बोझ कम करने के लिए,
बचे-खुचों को घर में ही, घुसा रहना होगा, देश को कोरोनामुक्त बनाने के लिए।

30. जैसे-तैसे, मिली आजादी

हम लड़कियां नहीं भोग का सामान थी,
हम स्त्रियां नहीं खुली दुकान थी,
हर कोई, चंद पैसों की दम पर, हमें रौंदता था,
हमारे दम पर ही, चकला, देह व्यापार दौड़ता था,

एक समय था, जब हम भी, लगभग आजाद थी,
किसी की बहन-बेटी पर गरीब की औलाद थी,
गरीबी ने दम तोड़ा तो आजादी पीछे ही छूट गई,
जिस्म के ठेकेदारों ने लूटा तो, मान-मर्यादा भी लूट गई,

कुत्ते कीचड़ से कमल उठाकर लाए,
दलदल पर कालीन बिछाकर डंडे फँसाए,
चौबीसों घंटे, दिन-रात, दुकान खोल कर बैठना हमारी मजबूरी थी,
ना जाने कितने आते, फंसा कर जाते, काली पड़ गई घिसकर, जो भूरी थी,

हमारा शरीर जिंदा लाश बन गया,
लूट-लूट कर, लुटेरों का खास बन गया,
हमारी आत्मा ने भी आखिर, हथियार डाल दिए,
हमने भी खुद को मशीन बनाकर, कमीने पाल दिए,

लॉकडाउन ने, कमीनों की दुकान पर ताला लगाया,
चकला, धंधा बंद हो गया, तो हमने आराम पाया,

रौनक राय

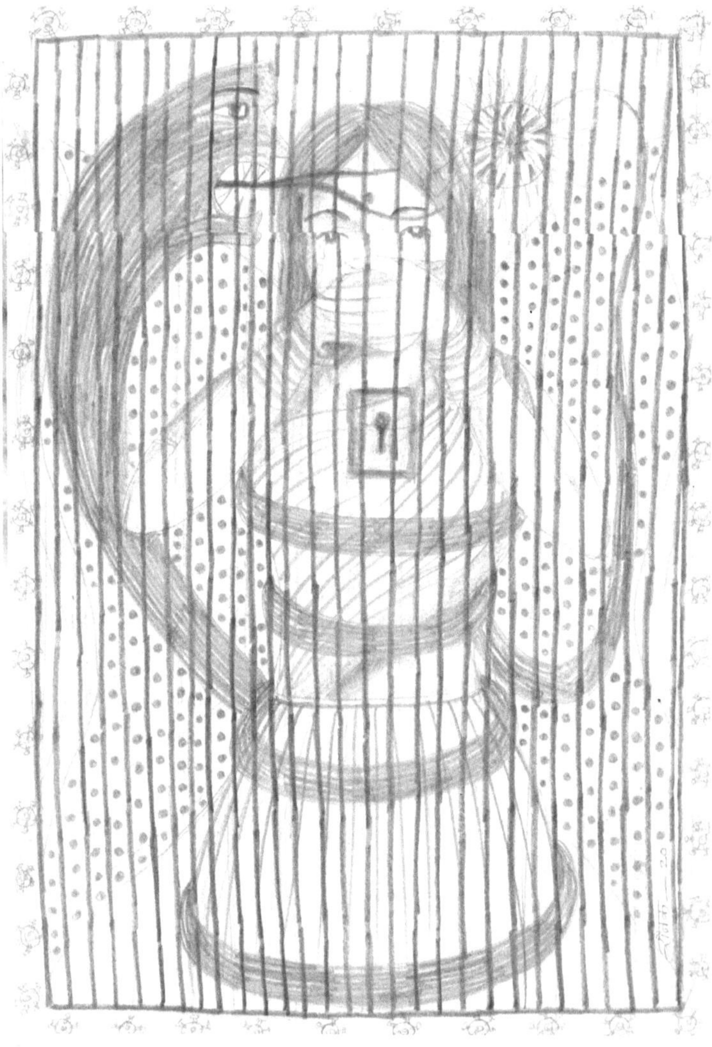

रेखांकन-3 'हिंसात्मक बंदिशे'

भला हो, जो कोरोना ने, झटकों पर ब्रेक लगाया था,
अभी भी रेलगाड़ी-सी हिलती है, इतना जालिमों ने हिलाया था,

चंद महीनों की शांति के बाद, आदमी की हैवानियत, जो आजाद हुई,
टूट पड़े भूखे-नंगे हम पर, हमारी हालत, पहले से भी ज्यादा
खराब हुई,
अनलॉकडाउन ने झपकी तक लेने का हक छीन लिया,
हवस का सैलाब-सा आ गया, हमको जिंदा ही लीन लिया,

हमने किसी को संक्रमण नहीं फैलाया, पर ग्राहकों ने फैलाया था,
मालिकों ने ध्यान नहीं दिया, जब तक जिंदा माल, मरा नहीं
पाया था,
उनकी दुकान, हमारी जिंदा लाश से चलती थी, मुर्दा लाश का क्या
काम था,
कहीं कोरोना से, हम सब मर ना जाएं, इसी डर से चिकित्सक का
इंतजाम था,

चिकित्सक था तो हरामी ही, पर हमारी हालत तो, हिटलर का
कांड था,
हम कुठ्ठइयों में ठुसी मुर्गियां-सी, रोज हलाल होती, काँपता
ब्रह्मांड था,
कोरोना ने, दर्द झेलने के लायक भी नहीं छोड़ा, अंदर से निचोड़ा,
पहाड़ फोड़ा था,

हमें अंधेरी कोठियों में, ठुसे रहने की आदत थी पर, कोरोना ने दम घौंट कर छोड़ा था,

जांच हुई तो, हम सबको कोरोना पॉजिटिव पाया,
मालिकों ने, अब हमें कुछ काम का नहीं पाया,
हमें चकले से लावारिसों की तरह निकाल फेंका,
उन्होंने थोड़े ही ले रखा था, हमारे इलाज का ठेका,

हम उनकी हैवानियत तो, अच्छे से जानते थे, उनको अंदर तक पहचानते थे,
खुशी तो इस बात की थी कि अब हम आजाद थे और जिंदा रहना चाहते थे,
इतने सहनशील हो गए थे, गर्म तवे पर सिक-सिककर, ढ़ीठ हो गए थे, कोरोना को तो, निपटा ही सकते थे,
सालों अत्याचार सहकर, संक्रमण को भी झेलकर, बिना इलाज के ही खुद को आत्मबल से, जिन्दा बचा ही सकते थे,

और सच में हमारी रोग प्रतिरोधक क्षमता ने, कोविड-19 का नामोनिशान मिटा दिया,
हमने किस्मत से मिली आजादी को, स्थाई और जीवंत बनाकर, दाग-धब्बों को धुला दिया,
आज हम, अनलॉकडाउन में, बैंक से लोन पाकर, मास्क और पी. पी ई. किट बनाते हैं,

खुद को आत्मनिर्भर बनाकर, मौके का फायदा उठाकर, आपदा को अवसर बनाते हैं,
नहीं जाना लौटकर, उन अंधेरी कोठरियों में, कुएं का मेंढक नहीं बनना, खुद को संभालना ही होगा,
रास्ते और भी हैं, दुनिया बहुत बड़ी है, डर को त्यागकर, अपने अंदर झांककर खुद को अब पहचानना ही होगा।

रेखांकन-4 'अप्रत्यक्ष घरेलू हिंसा'

31. नई दुल्हन का अनलॉकडाउन

मैं नई दुल्हन हूं, मेरे भी बहुत सपने थे,
मैंने बचपन से ही, गुद्ढे-गुड़ियों का खेल, खेला है,
मेरे भी बहुत अरमान थे, शादी-विवाह सजने-धजने के,
पर लॉकडाउन ने या किस्मत ने, अजीब-सा खेल, खेला है,
मैंने, जो कुछ कभी, नहीं सोचा था वह, सब बंद कमरे में, झेला है,

मेरी सहेलियां मुझे सब खुलकर बताती थी,
मुझे बहुत तड़पाती थी,
कुछ चुटकियां, मैं भी ले लेती थी,
तो कुछ सुहागरात के किस्से बताती थी,
हनीमून के कुछ हिस्से बताती थी,
तन-मन में आग लगाती थी,
दिल में अरमान जगाती थी,

मैं भी उनकी तरह दूर तक उड़ जाना चाहती थी,
कभी लेह, लद्दाख में हनीमून मनाना चाहती थी,
कभी गोवा, अंडमान में धूम मचाना चाहती थी,
कभी कुल्लू-मनाली में खुद को जमाना चाहती थी,
कभी असम-केरल के बागानों में दुपट्टा लहराना चाहती थी,
कभी पेन्गांग झील के किनारे, लिप-लॉक करना चाहती थी,
कभी समुद्र की लहरों में, गर्म बदन अंदर तक भिगोना चाहती थी,
उड़ जाना चाहती थी, चिड़ियों-सी चहचहाना चाहती थी,
मस्त होकर मस्ताना चाहती थी, तारे तोड़कर लाना चाहती थी,

पर, लॉकडाउन ने, सबकुछ छीन लिया,
एक बंद कमरे ने, मुझे अंदर से लीन लिया,
पति ने बंद में, काम पर जाना क्या छोड़ा,
अब उसका एक ही काम था, दिन-रात काम था,
काम-वासना, प्रेम को खाकर, अब हराम था,

इस हवसी से, सामान्य दिनों में तो, निपट भी लेती,
मायके जाकर, मां के आंचल में छुप कर, रो भी लेती,
कुछ सहेलियों के दर्द सुनकर, मन को हल्का कर ही लेती,
पापा से गम साझा करके, गुलामी से आजादी पा भी लेती,
पर लॉकडाउन ने, काला पानी की सजा दे दी है,
ऊपर से, हवसी पति ने, नानी याद दिला दी है,
दिन-रात उस, राक्षस का ध्यान, मुझ पर ही, रहता है,
डर का इतना साया है कि कोरोना भी घबराता है,
क्या-क्या सोच कर, इस भोले दिखने वाले, अनाथ से मैंने, शादी कर ली थी,
सोचा था, सास-ससुर की प्रताड़ना से बचूँगी, पर आत्महत्या-सी कर ली थी,

अब पछताए क्या होत, जब चिड़िया चुग गई खेत,
और आंसुओं का समुद्र बह गया, हाथ में रह गई रेत,
अरमानों में आग लग गई, सपनों के जल गए खड़े खेत,
भाग आई मायके पैदल ही, सारे बंधनों को तोड़ दिया,

कुछ दिनों में मेरे पीछे, आदमी की कोरोना से, मौत की खबर आई थी,
मैंने, कुछ बताया नहीं था घर, फिर भी सबकी आंखों में, चमक आई थी,
उसकी लाश तक को लेने वाला, पूरी दुनिया में कोई नहीं था,
कोरोना ने उसको सबक सिखाया, राक्षस था वो, आदमी नहीं था,
खुश किस्मत हूं मैं, जो कोरोना उसको खा गया, नहीं तो, वो मुझे खा जाता,
जैसे वो चला गया, कोरोना भी एक दिन चला जाएगा, देख लेगा विधाता।

32. लॉकडाउन में, गृहणी की दुर्दशा

काम तो, पहले भी बहुत था,
पर पहले फिर भी सुकून था,
पति काम पर जाता था,
बच्चे स्कूल जाते थे,
ससुर दुकान चलाते थे,
सास महिला मंडली चलाती थी,

काम तो, पहले भी बहुत था,
पर फिर भी पहले बड़ा सुकून था,
सब अपने-अपने काम में व्यस्त थे,
किसी को फालतू समय नहीं था,
जरा भी फुरसत नहीं थी,
किसी को भी,
पहले लॉकडाउन नहीं था,
कोरोना संक्रमण की आंधी नहीं थी,

काम तो पहले भी बहुत थे,
पर लॉकडाउन में, नाम मात्र का भी सुकून नहीं है,
पति पड़ा-पड़ा दिनभर, चैनल बदलता रहता है,
चुन्नू-मुन्नू का जमा-जमाया सामान, बिखेरने का खेल,
चलता रहता है,
ससुर की दिनभर, चाय चलती है,
सास का दिन-रात, सिर्फ मुँह चलता रहता है,

काम तो, पहले भी बहुत था,
पर अब सुकून तो छोड़ो, लॉकडाउन, जी का जंजाल है,
दिनभर चक्की में पिसना, रात में, पति से घिसना, बच्चे भूचाल हैं,
सास-ससुर दिखने में अब, साक्षात् काल हैं,
चाय-नाश्ता, पुआ-पकौड़े की फरमाइशें है,
ऊपर से साफ-सफाई, झाड़ू-पोंछा की, आफतें हैं,
बार-बार, सब कुछ सैनेटाइज करो,
बाहरी सामान, सर्फ से साफ करो,
फल-सब्जी नमक से धोओ
कोरोना ने पोंछा लगवा-लगवा कर, कमर तोड़ काम कराया है,
दिन में सास-ससुर का टॉर्चर, रात में पति ने पलंग तोड़ काम कराया है,
दिन-रात भट्टी में जलकर, कोरोना ने शरीर का काम-तमाम कर डाला है,
लॉकडाउन ने सबको, घर में बंद क्या कर दिया, घरवाली की नाक में दम कर डाला है,

क्वालिटी टाइम होगा सबके लिए,
मेरे लिए तो, जी का जंजाल है,
पति को सोचना चाहिए, दिन भर पड़े-पड़े कि मुझे कितना काम है,
हाथ तो, बंटाता नहीं, उल्टा काम बढ़ाता है, रात में भी बहुत काम करवाता है,

सास को भी सोचना-समझना चाहिए, रात-भर काम किया, तो दिन में कुछ आराम दे देती,
पर, वह तो, जल-भुन-सी जाती है, मेरी चीखों को सुख-समझकर, जात दिखा देती है,
बच्चे तो, बच्चे ही हैं, कोई उन्हीं को संभाल लेता, मुझ पर कुछ रहम कर,
पर, किसी को मेरी नहीं पड़ी, किसी को नहीं, मेरी थोड़ी-सी भी खैर-फिकर,
किस्मत वाली हैं वह, जिनका परिवार उनके साथ है,
पिछले जन्मों के पुण्य कर्म होंगे, जो सबका साथ है,
इस विकट आपदा में, लॉकडाउन, औरतों पर, बोझ बनकर टूटा है,
कुछ तो, अभी भी सह रही है मुझ जैसी, कुछ का गुस्सा फूटा है,
परिवार को भी समझना होगा कि औरत से ही घर चलता है,
उसकी भी कुछ इच्छाएं हैं, उसका मन भी आराम करने के लिए मचलता है,
इतना अत्याचार भी मत करो कि परिणाम भुगतना पड़ जाए,
अबला ने सब्र छोड़ा तो कहीं, मजबूरी में आत्मनिर्भर बनना न पड़ जाए,

जिनकी घरवाली नहीं है, उनसे पूछो,
जिनकी बहू नहीं है या मायके में फंसी है उनसे पूछो,
जिनकी मां, लॉकडाउन में फंस गई है, उनसे पूछो,
पत्नी, बहू, मां के बिना, जो बंद में, घर में बंद पड़े हैं, उनसे पूछो,

जिस घर की औरतें, लॉकडाउन में अटकी हैं, उनकी सांस भी
अटकी है,
काम कर करके, सास की सांस फूली है, आदमी की हालत भी
पतली है,
मैं, यह नहीं कहती कि सबके पति, ससुराल वाले बुरे हैं,
कुछ अच्छे भी है, पर लॉकडाउन के कारण हालात बुरे हैं,

मैं, तो बस, अपना गम सुनाती हूं, दर्द भरी दास्तान गाती हूं,
काम तो, पहले भी बहुत था, पर पहले महाभारत में सामने, एक
बार में एक ही योद्धा होता था,
पर, लॉकडाउन के चक्रव्यूह में, अभिमन्यु-सी अबला ऐसी फंसी है
कि चारों तरफ से वार होता है,

युधिष्ठिर तो बहुत बन लिया, अब श्री कृष्ण बनने का समय
आया है,
मैंने खुद को बीमार कर, हथियार डालकर, सब को काम पर
लगाया है,
2 दिन में सबकी सांस फूल गई, अहंकार, घमंड सब टूटकर बाहर
भागा है,
आत्मज्ञान, आत्म साक्षात्कार होते ही, सब ने फूट-फूटकर आंसू
बहाया है,
औरत, औरत के दर्द को समझने लगी, पति को भी संयमित
बनाया है,

रेखांकन–5 ‘सशक्त पहरेदार’

भूत-बंगला, घर बन गया, सब ने साथ मिलकर, कोरोना को भी दूर भगाया है,
कभी-कभी, सीधी उंगली से घी नहीं निकलता तो, उंगली टेढ़ी करनी पड़ती है,
औरत सहनशील होती है पर, उसे भी कभी-कभी, चंडी बनकर, सख्ती बरतनी पड़ती है,
शुक्र मनाओ मैंने, चंडी नहीं, ठंडी रहकर, श्री कृष्ण-सा, सरल-सटीक उपाय किया,
नहीं तो, सबकुछ तबाह हो जाता, मैंने तो, सूझबूझ से कोरोना सहित, सबका इलाज किया,

शेर की तरह, चीथना और गाय की तरह चाटने में, जमीन-आसमान का अंतर है,
सोने के अंडे देने वाली मुर्गी को भी, कसाई प्यार से सहलाता है,
औरतें तो, इंसान है, बेहतर है,
रंडी से भी जबरदस्ती करते हो तो, मां-बहन की गालियां देती है,
पुलिस भी, डंडा कर देती है,
घरवाली तो, घर की इज्जत है, उसकी इज्जत करना सबकी जिम्मेदारी है, वह सबकुछ निछावर कर देती है,
धंधे वाली 200, कॉल गर्ल 2000, वी.आई.पी. एस्कॉर्ट 20000 तक 1 घंटे के ले लेती है,
पर बीवी, जन्नत का मजा, चौबीसों घंटे, जिंदगी भर फ्री में देती है और हमेशा समर्पण कर देती है,

उल्टा दहेज, तोहफे, नेग इत्यादि लाती है, घर छोड़कर आती है,
आपका घर ही, अपना घर बना लेती है,
नौकरानी, बर्तन वाली, कपड़ा वाली, हलवाई, नर्स, आदि अनेकों
काम संभाल, चिंतामुक्त कर देती है,
अरे! उसे घर की मालकिन बना दो, उसके पैर धो-धोकर पियो,
पर वह इतना नहीं चाहती है,
वह तो, थकी-हारी जब, कमरे में आए, तो पति से थोड़ा-सा प्यार
और बस चिपककर सोना चाहती है,
औरतों पर अत्याचार करने वाले, औरत के साथ घरेलू हिंसा करने
वाले, घर को खंडहर बना देते हैं,
जिस घर में औरत को प्यार और सम्मान मिलता है, वह खुद को
धन्य और घर को मंदिर बना लेते हैं,

जरूरत है, स्त्री के दुख-दर्द समझकर, उसका पल-पल साथ
निभाना, वह तो, ईश्वर का वरदान है,
औरत घरों को आबाद करती है, धन-दौलत, संपत्ति कुछ भी नहीं,
कन्या का दान ही महादान है,
एक बेटी, पत्नी, मां, दादी के बिना आप परिवार की कल्पना भी
नहीं कर सकते,
बच्चे को पैदा करना, अपना दूध पिलाना, ममता से पालना, मर्द
कभी नहीं कर सकते,
औरत प्रकृति है, सृष्टि को चलाती है, औरत के बिना, मर्द कुछ
भी नहीं,

हर एक आदमी, औरत की महिमा को जानता तो है, पर स्वीकारता ही नहीं,
जिसने भी स्त्री के सामने, खुशी से समर्पण किया, वह जीवन में, सुख, मृत्यु में संतोष, पाया है,
अंत समय में पता लगेगा कि सब साथ छोड़ते गए, केवल पत्नी ने पल-पल साथ निभाया है।

रेखांकन-6 'मिलकर लड़ेंगें'

33. काम के साथ, सहयोग भी बढ़ा है

संक्रमण से बचने के लिए, साफ-सफाई का ख्याल बहुत रखना पड़ता है,
सामान को धोकर, सब्जियों को धोकर, सबकुछ धोकर, इस्तेमाल करना पड़ता है,
बार-बार पोंछा लगाना, कुंदे-कुंदी, रिमोट, मोबाइल, पोंछना पड़ता है,
बच्चों को संक्रमण से बचाना, बार-बार हाथ धुलाना, नहलाना भी पड़ता है,
पर, कुछ काम यह भी करते हैं, कुछ बच्चे भी काम करा लेते हैं,
सासु माँ भी, समझती हैं, कभी रसोई संभालती हैं, कभी मुझे संभाल लेती हैं,
लॉकडाउन में काम तो बढ़ा है, पर सबका सहयोग भी बढ़ा है,
कोरोना आपदा के इस दौर में, मेरा परिवार मेरे साथ खड़ा है,

बाहर भले ही लॉकडाउन है, पर घर में मेला-सा लगा है,
सबकी फरमाइशें हैं, पर मिलकर बनाते हैं, मिलकर खाते हैं,
पति का ऑफिस बंद, बच्चों के स्कूल बंद, घर में भूचाल मचाते हैं,
पर, लड़ाई-झगड़ा नहीं करते, टेंशन नहीं है, सब मिलकर बोझा उठाते हैं,
हां, अड़ोस-पड़ोस में लड़ाइयां हो रही हैं, औरतों से ओवर टाइम कराते हैं,
पर, मेरे परिवार में तो सब, आपसी सहयोग से क्वालिटी टाइम बिताते हैं,
लॉकडाउन में काम तो बढ़ा है, पर सबका सहयोग भी बढ़ा है,

कोरोना आपदा के इस दौर में, मेरा परिवार मेरे साथ खड़ा है,

हां, सच में कोरोना काल में, घर में काम तो, बहुत बढ़ा है,
पहले के बर्तनों से, कई गुना सिंक बार-बार भरा पड़ा है,
बाहर के कपड़े, अंदर के कपड़े, मास्क, तौलिये धोना पड़ा है,
सतर्कता से बार-बार, साफ-सफाई, पोंछा-पोंछी का रोना, रोना पड़ा है,
पर सब मिल-जुल कर निपटाते हैं, काम को बांटकर, गम भी बांट लिया है,
यह तो, बर्तन भी मांज लेते हैं, ससुर जी ने, वॉशिंग-मशीन को संभाल लिया है,
सासु मां ने असली मां बनकर, पूरे घर को साफ-सुथरा बनाने का बीड़ा उठाया है,
बच्चे सतर्क वेटर बन गए, परौसा-परौसी के साथ, खाने की टेबल को भी चमकाया है,
हां, महामारी ने काम तो, बढ़ाया है पर, परिवार में प्यार भी बढ़ा है,
मैं अकेली नहीं हूं, काम, कोरोना को निपटाने, परिवार मेरे आगे खड़ा है,
अब कोई डर नहीं, किसी बात की फिक्र नहीं, चाहे जो भी, आगे खड़ा है,
आ जाने दो कयामत को भी, मिलकर निपट लेंगे, परिवार जिद्द पर अड़ा है,
लॉकडाउन में काम तो बढ़ा है, पर सबका सहयोग भी बढ़ा है,
कोरोना आपदा के इस दौर में, मेरा परिवार मेरे साथ खड़ा है।

34. प्रेम का मीटर डाउन

कच्ची उम्र की, कच्ची जवानी में, आकर्षण ही प्रेम कहलाता है,
जितना जल्दी पका आम टूट जाता है, उतना ही कच्चा आम फड़फता है,
सबको अपना, पहला प्यार बार-बार याद आता है, चेहरे पर हंसी दे जाता है,
प्रेमिका के पीछे पागलों की तरह भागना, प्रेमिका का नखरे बताना, मजा दे जाता है,
जब घर पर, कोई नहीं होता तब, प्यार से मिलने जाना, चूमा-चाटी का अलग मजा है,
पर लॉकडाउन में, फोन पर बातें कर करके, मिलने को तरसना ही सबसे बड़ी सज़ा है,
लॉकडाउन ने, प्रेमियों को बहुत तरसाया है, जुदाई के जख्मों को बरपाया है,
कोरोना ने जितना आतंक नहीं मचाया, उससे ज्यादा लॉकडाउन ने कहर ढ़ाया है,

जिन प्रेमियों ने, प्यार का रस नहीं चखा, उनकी हालत तो, तब भी कम मुश्किल है,
जो, आम रस से ही प्यास बुझाते थे, उनके लिए लॉकडाउन काट पाना, बड़ा मुश्किल है,
क्योंकि, जो प्यार का रस चख लेता है, उसे उसकी तलब-सी, मचती रहती है,
प्रेमी वक्त पर, नहीं मिलता तो, अंदर से दर्द-सा उठता है, जान अटकी रहती है,

रौनक राय

रेखांकन–7 'बंदिशें'

प्यार का मीठा-मीठा बुखार, दो-चार दिन तो मजा देता है, मिलने पर तो और मजा देता है,
पर, लॉकडाउन के 3 महीनों में, मीठा से जहरीला हुआ दर्द, नासूर होकर जान जला देता है,
लॉकडाउन ने प्रेमियों को बहुत तरसाया है, जुदाई के जख्मों को बरपाया है,
कोरोना ने जितना आतंक नहीं मचाया, उससे ज्यादा लॉकडाउन ने कहर ढ़ाया है,

शादी का लड्डू, जो खाए वह पछताए, जो न खाए वह भी पछताए, पर मजेदार होता है,
प्यार, जिम्मेदारी से दबकर भी, विवाहितों को भी मीठा-मीठा मजा देता है,
अक्सर लोग शादी के बाद, प्यार को छिपाते हैं, लेकिन असल में बहुत मजे उड़ाते हैं,
छुप-छुपकर मिलने का भी मजा है, मिलने के बाद, छुपने का भी मजा, मजा देता है,
शादीशुदा तो, हक के साथ, मस्त मस्ती करते हैं, परमिट के साथ रॉकेट उड़ाते हैं,
कोई रोक-टोक नहीं होती, दिन में होती भी है तो, इतनी नहीं होती, रात में कसर मिटाते हैं,
पर लॉकडाउन में ना जाने, कितनों की बीवियां, मायके फंस गई, तड़प-तड़प कर, जल-भुन गई,

न जाने कितनों के, गबरू जवान बाहर फंस गए, जुदाई में सूख गए, घरवाली की अहमियत समझ आ गई,
लॉकडाउन ने प्रेमियों को बहुत तरसाया है, जुदाई के जख्मों को बरपाया है,
कोरोना ने जितना आतंक नहीं मचाया, उससे ज्यादा लॉकडाउन ने कहर ढ़ाया है,

प्यार, कच्चा हो या पक्का, प्रेमी का दिल, बुढ़ापे तक बच्चा ही होता है,
16 की जवानी हो या 30 का वार, प्यार का बुखार तीखा ही होता है,
नया-नया हो या पुराना, अनुभवी प्रेमी भी प्यार-मोहब्बत में कच्चा ही होता है,
प्यार अगर सच्चा हो तो, प्रेमी के करीब होना, परम सुखों का लच्छा ही होता है,
कच्ची कली हो या अधेड़ औरत, अपने प्यार की जुदाई सह नहीं सकती है,
सख्त लौंडा हो या असली मर्द, अकड़ता जरूर है, पर दूर नहीं रह सकता है,
लॉकडाउन ने, सभी प्रकार के कच्चे-पक्के प्रेमियों के, प्रेम की परीक्षा-सी ले डाली है,
जो झूठी आशिकी में थे, वह टूट गए, बाकियों की जिंदगी तन्हाई में बस खाली है,

लॉकडाउन ने प्रेमियों को बहुत तरसाया है, जुदाई के जख्मों को बरपाया है,
कोरोना ने जितना आतंक नहीं मचाया उससे ज्यादा लॉकडाउन ने कहर ढ़ाया है,

जुदाई की आग में, जो जितना जलेगा, मिलन का मजा, उतना ही अधिक आएगा,
कच्चा-पक्का, पक्का खिलाड़ी हो जाएगा, फोन पर अगला हनीमून सेट हो जाएगा,
जो थोड़ी-बहुत खटपट-खटास होगी, प्रेमियों में उसका नाश,
लॉकडाउन में हो जाएगा,
दूर के ढोल सुहाने लगते हैं, लड़कर गए, फंस गए, वापस मिलने पर, करीब आ जाएगा,
चिपक कर रहेंगे, कुछ महीनों तक, तब जाकर जुदाई के दर्द और जख्मों से कुछ उभर पाएगा,
प्यार में सब कुछ, कर गुजरने वाला प्रेमी-जोड़ा, लॉकडाउन
की श्रृंखलाओं को भी पार कर जाएगा,
लॉकडाउन ने प्रेमियों को बहुत तरसाया है, जुदाई के जख्मों को बरपाया है,
कोरोना ने जितना आतंक नहीं मचाया, उससे ज्यादा लॉकडाउन ने कहर ढ़ाया है।

35. बात करते रहो

एक युवा, चढ़ते सितारे की आत्महत्या ने, सबको हिला दिया,
मजबूर किसान, गरीब मजदूर की आत्महत्या को याद दिला दिया,
जब सितारे भी निराशा में, आत्महत्या कर सकते हैं,
तो, गरीब मजदूरों की हताशा का अंदाजा, क्या हम लगा सकते हैं?
हताशा किसी को भी घेर सकती है, यह मानसिक बीमारी है,
पता नहीं कितनों की, लॉकडाउन में मर जाने की तैयारी है,
बात करते रहो, हालचाल पूछते रहो, अपनी बातें भी बताते रहो,
मदद करो या ना करो, पर मन हल्का करते रहो, मस्त रहो,

कोरोना केवल, लॉकडाउन ही नहीं लाया,
आर्थिक संकट, मात्र अनलॉकडाउन ही नहीं लाया,
इस लॉकडाउन, अनलॉकडाउन में मानव, मानसिक बीमार हुआ है,
कुछ लॉकडाउन में निराश हुआ, कुछ अनलॉकडाउन में हताश हुआ है,
सरकार ने भी हताशा में, अपने हाथ ऊपर उठाए हैं,
इंसान नहीं उठा पा रहे जिम्मेदारी, बस पगलाए हैं,
बात करते रहो, हालचाल पूछते रहो, अपनी बातें भी बताते रहो,
मदद करो या ना करो, पर मन हल्का करते रहो, मस्त रहो,

किसी को कोई आर्थिक तंगी नहीं पर, अकेलापन है,
किसी का भरा-परिवार, भूखा मर रहा, पैसा ना काफी कम है,
कोई खाली समय में, पुरानी यादों का शिकार है,

कोई भविष्य की चिंता से ग्रस्त बेरोजगार, बेकार है,
किसी को किसी की याद, बहुत सताती है,
तो किसी को किसी का साथ, लगता बर्बादी है,
पर, लॉकडाउन में सबकी भावनाएं, मन में ही लॉकडाउन है,
अनलॉकडाउन में उदासीन होकर, सब का मोराल-मीटर डाउन है,
बात करते रहो, हालचाल पूछते रहो, अपनी बातें भी बताते रहो,
मदद करो या ना करो, पर मन हल्का करते रहो, मस्त रहो,

बात करने से पहाड़ नहीं टूटेगा, कुछ तो, बोल ही दो,
एक बोलेगा तो, बहिष्कार मत करो, चुप्पी तोड़ भी दो,
समझना आए, तो सोचो मत कुछ भी, कहने को मुंह खोल ही दो,
बात चलेगी, तो गम मिटेगा, मन का मैल छंटेगा, गंद उड़ेल भी दो,
मन हल्का करने से, कुछ उलझन सुलझेंगी, झूठ का पर्दा भी गिरेगा,
कोई तो होगा, जो तुम्हारी सुनेगा, उससे बोल दो, बहुत संतोष मिलेगा,
बात करते रहो, हालचाल पूछते रहो, अपनी बातें भी बताते रहो,
मदद करो या ना करो, पर मन हल्का करते रहो, मस्त रहो,

दिमाग में चिंता, मन में कुंठा मत पालो,
कुछ गम खा लो, कुछ बातें पचा लो,
मन में भरा कचरा अब, निकाल भी दो,
कुछ कह दो, कुछ लिख लो, कुछ चित्र ही बना लो,

कुछ गा लो, नाच लो, कुछ हंसी-मजाक में, हल्का कर लो यारों,
अरे! क्या रखा है, बातों को दिल से लगाने में, जाने भी दो यारों,
बात करते रहो, हालचाल पूछते रहो, अपनी बातें भी बताते रहो,
मदद करो या ना करो, पर मन हल्का करते रहो, मस्त रहो।

36. कोरोना योद्धा

सब घर पर सुरक्षित बैठे हैं, पर मुझे तो, काम पर जाना है,
सब, जिससे छुप कर बैठे हैं, उसी का काम-तमाम करने जाना है,
मैं नर्स, चिकित्सक हूं, मुझे लोगों का इलाज करने जाना है,
मैं सफाई कर्मचारी हूं, मुझे सतर्कता से, साफ-सफाई करने जाना है,
मैं पुलिस में हूं, मुझे लोगों की सुरक्षा हेतु, व्यवस्था जमाने जाना है,
मैं स्वास्थ्य कर्मचारी हूं, मुझे अस्पताल में मरीजों की सेवा हेतु,
जाना है,
मैं कोरोना योद्धा हूँ, मुझे युद्ध में कोराना को निपटाने जाना है,
मैं कोरोना योद्धा हूँ, मुझे खुद जलकर, लोगों को बचाने जाना है,
सब घर पर सुरक्षित बैठे हैं, पर मुझे तो, काम पर जाना है,
सब, जिससे छुप कर बैठे हैं, उसी का काम-तमाम करने जाना है,

तुम घर पर रहो, लॉकडाउन का पालन करो, हम मिलकर बाहर
सब संभाल लेंगे,
तुम घर पर रहकर दुआ करो, हम अपना काम करेंगे,
इस संक्रमण से हमको बचकर, लोगों को बचाना है,
हम ही तो, युद्ध में अग्रणी हैं, सतर्कता से जीत कर आना है,
हम कोरोना योद्धा हैं, प्रशिक्षित हैं, जीतकर ही वापिस आएंगे,
तुम डरना मत, घर पर इंतजार करना, मिलकर दीवाली मनाएंगे,
सब घर पर सुरक्षित बैठे हैं, पर मुझे तो, काम पर जाना है,
सब जिससे छुप कर बैठे हैं, उसी का काम-तमाम करने जाना है,

बहुत से कोरोना योद्धा, कोरोना का शिकार हुए, पर हौंसलों में
कमी नहीं है,

हमारे पास पीपीई किट नहीं थी, एन-19 मास्क नहीं थे, लड़ाई बिल्कुल नई है,
पर हम, पीछे नहीं हटे युद्ध में, विश्वास से डटे रहे, कोशिशों में कहीं कोई कमी नहीं है,
आप लोगों ने हमारा विश्वास बढ़ाया है, हमको अपना उत्तरदायित्व समझ आया है,
सरकार ने भी सारा सामान उपलब्ध कराया है, ड्यूटी पर मरने वाला शहीद कहलाया है,
इस विश्वास को बना कर रखो, घर में रहो, सुरक्षित रहो, मंजिल दूर है, नामुमकिन नहीं है,
सब घर पर सुरक्षित बैठे हैं, पर मुझे तो, काम पर जाना है,
सब जिससे छुप कर बैठे हैं, उसी का काम-तमाम करने जाना है,

अब, हर भारतवासी कोरोना योद्धा है,
अनलॉकडाउन है, सबको काम पर जाना है,
कुछ को घर संभालकर, दूसरों को बचाना है,
देश को आत्मनिर्भर बनाकर, दम दिखाना है,
मास्क और ग्लव्स पहनकर, सतर्कता को अपनाना है,
2 गज, दूर ही रहकर, दिल मिलाकर, कोरोना मिटाना है,
सब सतर्कता से सुरक्षित है, सबको काम पर जाना है,
सब निडरता से डटकर खड़े हैं, कोरोना को जड़ से मिटाना है।

37. जमाती

जमाती कौन है? क्या कोई, अलग प्रजाति है?
यह जमात कहाँ की है, कहां से जमात आती है?
मुझे ज्यादा समझ तो, नहीं आता, फिर भी हूँ बताता,
लॉकडाउन में, न्यूज चैनलों में, शुरू में जमाती था आता,
लगभग एक महीने तक, बंद में भी जमाती चलता था,
कोई देशद्रोही बताता, कोई कोरोना बम बता देता था,

पर असल में जमाती है कौन?
और इतना सुनकर भी क्यों है मौन?
क्यों जमाती जवाब नहीं देते?
या देते तो हैं, पर सुनने वाले नहीं सुनते,
जमाती, कुछ खास नहीं, एक मोहरा ही तो थे,
कोरोना के कहर, सरकार की बेबसी, छिपाते चेहरा ही तो थे,
असल में जमातियों ने लोगों को, डरकर मर जाने से बचाया है,
घर में बैठे-बैठे बोर ना हो जाओ, इसलिए टाइम पास कराया है,

सच को, डर को स्वीकार करना कोई नहीं चाहता था,
कोरोना के खौफ से बुरा, जमातियों को बनाना चाहता था,
जमातियों का दोष बस इतना था कि वह थोड़े नासमझ थे,
खुदा की इबादत करने में, खुल्ला विश्वास से भरे, बेझिझक थे,
मिलकर खुदा की इबादत करना ही उनका जीवन है,
मरकज़ विद्यालय का मकसद, धर्म प्रचारकों का मात्र प्रशिक्षण है,

कोरोना ने, सब अचानक किया, कोई समझ नहीं पाया,
लॉकडाउन, एकदम से लगाना पड़ा, कोई भी संभल नहीं पाया,
मरकस में भी जमाती फंस गए, तो कई जगह और भी फंसे रह गए होंगे,
पर जमातियों को चर्चा का विषय बनाया गया, बाकी विषय गुप्त रह गए होंगे,
मैं, यह नहीं कहता कि जमाती सही है या गलत,
पर सारे जमाती, सही नहीं हो सकते या फिर गलत,

जमाती भी तो, इंसान ही हैं, उनकी तालीम में ही है, मिलकर रहना, खाना और खुदा की इबादत करना,
उनको क्या पता था कि कोरोना महामारी, इतनी घातक हो जाएगी कि मुश्किल होगा मिलकर नमाज पढ़ना,
भावनाओं में बहकर, उनके मुखिया ने यह कह दिया कि सड़कों पर मरने से अच्छा, खुदा की इबादत करते हुए मस्जिदों में मरो,
गलत नहीं कहा था, पर परिस्थितियाँ कुछ ऐसी बन गई कि हंगामा हो गया, जमाती जिद्द पर उतर आए कि करो या मरो,
हालांकि उन सबको समझाया गया और वह समझ भी गए,
खुदा की इबादत घर पर भी हो सकती है, यह मान भी गए,

उन्होंने भी, समय की गंभीरता को समझा,
ईद, त्योहार भावनाओं से ज्यादा, देश को समझा,
पर, कुछ तो, होते ही हैं, मानसिक विकृति के, कहां नहीं होते?

पर ऐसी हरकतें करने वाले, असामाजिक तत्व होते हैं,
जमाती नहीं होते,
भारत में हर धर्म, समुदाय का व्यक्ति, आजादी से रहता है,
मुसीबत के वक्त में इकट्ठा होकर, परिस्थितियों से निपटता है,

आज भी कई दूसरे मुद्दे, टीवी पर छाए रहते हैं,
पर अब, हम सबको पता है, असली मुद्दा क्या है,
कुछ भी दिखाओ, कितना भी छिपाओ, हम सतर्क रहते हैं,
हम सबको पता है, कोरोना जैसों का इलाज, आखिर क्या है,
कितनी भी नफरतें फैलाओ, कुछ बस, अफवाहें ही फैलाते रहते हैं,
पर, अब हम भटकेंगे नहीं, हमको पता है, मत बताओ कि सच क्या है।

38. कोरोना योद्धाओं पर हमला

आए दिन खबरें आती हैं, कभी इस शहर से कभी उस शहर से,
कि भीड़ ने, कोरोना योद्धाओं पर पत्थर फेंके, अफवाहों के जहर से,
कैसे कोई आपको, अपने झूठ का गुलाम बना सकता है,
कैसे मंदबुद्धि हो आप? जो कोई भी आपसे, कुछ भी करा सकता है,
माना आप लाचार हो, परेशान हो, आपकी कोई नहीं सुनता है,
पर यह कोरोना कहर है, बाद में निपट लेना, ऐसे तो, देश घुनता है,
कोरोना योद्धाओं पर पत्थर फेंकने वाले, गुस्सैल पत्थर बाजों से डर लगता है,
कोई कैसे, इतना गिर या बहक सकता है? ऐसी कच्ची, मानसिकता से डर लगता है,

चंद लोगों को ना जाने क्यों, तोड़फोड़ करने में ही मजा आता है,
और कितना बेवकूफ है वह इंसान जो, इनकी बातों में तुरंत आ जाता है,
कुछ धर्म के ठेकेदार हैं, कुछ उस्ताद, राजनीतिक उन्माद हैं,
कुछ भोली जनता, कुछ खाज-खुजली, एग्जिमा-दाद हैं,
समाज में गंदगी होना तो सहज है, पर साफ-सफाई, भी तो जरूरी है,
अफवाहें फैलती है, शापित हवा है, पर क्या, लूँ में लपटना भी जरूरी है?
कोरोना योद्धाओं पर पत्थर फेंकने वाले, गुस्सैल पत्थर बाजों से डर लगता है,
कोई कैसे इतना गिर या बहक सकता है? ऐसी कच्ची, मानसिकता से डर लगता है,

ज्यादा बुद्धिजीवी होना भी खतरनाक है, घमंड ही सर्वनाश है,
समाज के हित से ज्यादा, खुद के फायदे समझना ही सभ्यता का,
ह्रास है,
परोपकार ही तो, मानवता में सबसे खास है,
प्रेम से मिल-जुल कर रहो, क्यों दिलों में इतनी खटास है?
कोरोना योद्धा, कैसे हमारे, आपके दुश्मन हो सकते हैं? यही तो
समझने की बात है,
उन पर हमला, स्वयं पर हमला है, भूखे-प्यासे, गरीब-बीमार,
संक्रमित के पेट पर लात है,
कोरोना योद्धाओं पर पत्थर फेंकने वाले, गुस्सैल पत्थरबाजों से डर
लगता है,
कोई कैसे इतना गिर या बहक सकता है? ऐसी कच्ची, मानसिकता
से डर लगता है।

39. दरूओं का उमड़ा तूफान

सभी सरकारों ने, केंद्र पर दबाव डाला,
केंद्र ने भी, मौके पर चौका लगा डाला,
सर्वसम्मति से, लॉकडाउन में ही, ठेकों को खोल डाला,
शराबी लोग पीते हुए, कितना टैक्स देते हैं, सबको बता डाला,
सबने मिलकर, दरूओं को आह्वान दे डाला,
राशन के साथ, अब मधुशाला का खुल गया ताला,
दरूओं का उमड़ा तूफान, जिनकी अटकी थी जान,
क्योंकि बढ़ गई थी उनकी शान, मिली थी एक नई पहचान,

कोरोना अकेला नहीं, आर्थिक मंदी भी साथ में ले आया था,
आर्थिक तंगी ने सरकारों को, एक मत से रास्ता दिखाया था,
दारू खोर, जितना टैक्स देते हैं, उतना तो, कोई भी नहीं देता है,
कितनी भी महंगी कर दो, शराब, शराबी कैसे भी पी ही लेता है,
आज सरकारों ने, दरूआ की तलब का फायदा उठाया है,
आर्थिक स्थिरता के लिए, शराबियों से खूब पैसा कमाया है,
दरूओं का उमड़ा तूफान, जिनकी अटकी थी जान,
क्योंकि बढ़ गई थी उनकी शान, मिली थी एक नई पहचान,

बेबस थे बेचारे, बेसुध, मृत समान पड़े थे,
शरीर में प्राण तो थे, पर हताशा में मरे पड़े थे,
बिन दारू, सब सूना-सूना था, शारीरिक ऊर्जा ने साथ छोड़ा था,
लॉकडाउन ने ठेकों पर ताला लगाकर, दरूओं पर पहाड़ फोड़ा था,
पर नशेड़ियों को सरकार पर, पूरा-पूरा भरोसा था,

शराबी ही तो, देश को चलाते हैं, टैक्स से पाला-पोसा था,
दरूओं का उमड़ा तूफान जिनकी अटकी थी जान,
क्योंकि बढ़ गई थी उनकी शान, मिली थी एक नई पहचान,

एक आवाज पर देखो परोपकारी, दौड़ें आए हैं,
दुकान खुलने के घंटों पहले से, कतारें लगाए हैं,
सामाजिक दूरी तो, भूल गए, नशेड़ियों में पहले जैसा प्यार उमड़ आया है,
छुप-छुप कर, पीने वाले शर्मीले भी, बेपर्दा हो गए, ऐसा जोश चढ़ आया है,
महीनों से डगमगाती लचर अर्थव्यवस्था को, डगमगाते पैरो ने खूब संभाला है,
कोरोना मुंह देखता ही रह गया, दरूओं ने जिद्द से, उसका खौफ मिटा डाला है,
दरूओं का उमड़ा तूफान, जिनकी अटकी थी जान,
क्योंकि बढ़ गई थी उनकी शान, मिली थी एक नई पहचान।

The first readers said...

"संतुष्टि–कोरोना से आत्मज्ञान–2" सामाजिक न्याय एवं भाईचारे हेतु, महिला उत्पीड़न, कुकर्म इत्यादि मुद्दों के प्रति आगाह कर, सामाजिक तंत्र में सुधार चाहती है। रौनक ने बहुत ही संतुलित तरीके से, इन गंभीर विषयों पर, भावनात्मक अभिव्यक्ति की है, जो काफी प्रभावशाली है एवं रेखांकन तो लाजबाव है।

मेरे शिष्य रौनक ने यह साबित कर दिया कि वह पैदायशी कलाकार हैं, जिसकी पहचान मैंने तभी कर ली थी, जब वह, कक्षा 7 में था। अब पूर्णतः संतुष्ट हूँ एवं हृदय में सकारात्मक, स्थिर, शांति महसूस कर रहा हूँ।

– शम्भु प्रताप सिंह
कला शिक्षक, जवाहर नवोदय विद्यालय
लखीपुर खीरी (उ.प्र.)

"संतुष्टि–कोरोना से आत्मज्ञान–2" में रौनक राय ने कोरोना काल में लगे, लॉकडाउन से आम गतिमान जिन्दगी में आई, अचानक रोक से उपजे ठहराव से सामाजिक जीवन में आए बदलाव से, एक स्वाभाविक जीवन बोध का भावनात्मक अहसास दिलाया है। विभिन्न प्रतीकात्मक नायक, नायिकाओं के ईर्द–गिर्द घूमती रचनाएँ, हमें जीवन के विभिन्न पक्षों का बोध कराती–सी प्रतीत होती है।

जीवन में कैसे, सात्विक प्रेम से हम परे जा रहे हैं और कैसे विभिन्न उलझनों में उलझकर, अपने मानवीय जीवन की खुशियों पर तो प्रश्नचिन्ह लगा ही रहे हैं, साथ में अवसादों से घिरकर दूसरों को भी त्रस्त कर रहे हैं।

वर्तमान में नारी के प्रति, समाज में बढ़ते अत्याचार के लिए कहीं न कहीं, एक सामाजिक मानसिक कुंठा भी जिम्मेदार है, जो कि वर्तमान की भागम-भाग, अर्थतंत्र में जकड़े मानव का प्रतिबिम्ब है।

रौनक ने बहुत ही सरल एवं सहज भाषा में, हमारे समाज में अमानवीय कृत्यों के प्रादुर्भाव को रोमांस और रोमांचक अन्दाज में प्रस्तुत किया है, साथ में इस तंत्र की स्वीकार्यता से निकलने के लिए सरल, सहज जीवन के लिए एक समाधान प्रस्तुत करने का प्रयास भी किया है।

रौनक, मेरा बचपन का मित्र है हमने जिन्दगी के सात वर्ष नवोदय विद्यालय में, अनुकूलनता की बारीकियों को सीखते हुए एक ही सदन में, एक ही कक्षा में, साथ खाते-पीते, हँसते-रोते, खेलते-कूदते, सोते-जागते गर्व से बिताए, फिर भी, मैं यह कहना चाहूँगा, कि रौनक को समझ पाना मुश्किल है, क्योंकि वह दो दुनिया में एक साथ सामंजस्य बैठाकर, सफलतापूर्वक, आश्चर्यजनक रूप से हमेशा खुश रहता है और लोगों को लगातार हँसाता रहता है पर अन्दर से शायद गंभीर है, बाकी और कुछ मुझे पता नहीं, पर हाँ, आकर्षण, प्रेम और हवस में अंतर समझने हेतु, हमने रौनक की कविताओं को, लड़कपन में बहुत चाव से सुना था, पर समझ आज, इस किताब को पढ़कर आ पाया है।

वस्तुतः भावनात्मक पहलू से मानव के कर्मों पर चोट करती ये किताब, सुधि पाठकों को जरूर पसंद आयेगी।

– रामेश्वर दयाल लोधी

प्रबंधक (गु.नि.) मण्डल कार्यालय, भारतीय खाद्य निगम

विलासपुर (छ.ग.)

कोरोना महामारी का और उस दौरान लिए गए फैसलों का मानवीय रिश्तों पर क्या प्रभाव पड़ा, उसकी विवेचना, रौनक कविताओं और

रेखांकनों के इस संकलन (संतुष्टि-कोरोना से आत्मज्ञान-2) में बहुत ही करीब से करता है।

इस किताब में, कोरोना से प्रभावित प्यार, नौकरी, पति-पत्नी का रिश्ता, संयुक्त परिवार, समाज एवं राजनीति के विभिन्न पहलुओं पर प्रकाश डाला गया है और अंधेरे में सही रास्ता दिखाने की कोशिश की गई है।

यह रचनात्मक कोशिश सफलतापूर्वक सामाजिक जागरूकता लायेंगी, ऐसा मेरा मानना है, क्योंकि मुझे तो इसने पूर्णतः संतुष्ट कर दिया है।

– डॉ. अभिनव मोर्या
वैज्ञानिक U.S.A.

रौनक ने भारत और दुनिया में फैली महामारी पर यह एक ऐसी अद्‌भुत एवं सम्पूर्ण पुस्तक लिखी है जिसमें महामारी के संदर्भों से लेकर, समाज में व्याप्त अपराध एवं जनता की परेशानियों को स्पष्ट उजागर कर, सटीक समाधान भी सुझाया है।

रौनक की कला में सामाजिकता और संस्कृति का बहुत ही उम्दा समावेश है। किताब, देश में जन जागरूकता हेतु लिखी प्रतीत होती है जिसमें जगह-जगह, देश भक्ति भी झलकती है।

मैंने रौनक के साथ, अपने जीवन के बहुमूल्य छः वर्ष, चित्रकला का अध्ययन करते हुए, कॉलेज में सहपाठी एवं मित्र के रूप में, रूम पार्टनर के रूप में, हँसी-मजाक में, शानदार तरीके से बिताए, रौनक का चुटकुला बाजी, हाजिर जवाबी एवं चित्र शृंखलाओं के निर्माण में कोई सानी नहीं था और एक विषय पर, इतना विस्तृत लेखन, इतने कम समय में, इतने प्रभावशाली ढंग से कर, उसने आज फिर बता दिया कि वह बिल्कुल भी बदला नहीं

है बल्कि और बेहतर हुआ है।

'भाई' की सदा ही जय हो।

- सचेन्द्र भारती
स्वतंत्र कलाकार एवं कला शिक्षक
कमला रानी सांधी पब्लिक स्कूल
भुज, गुजरात

असल में, इन्होंने यह कविताएं एवं रेखांकन, केवल अपने मन की शांति के लिए, सृजित किए थे, क्योंकि महामारी के कारण यह बहुत ज्यादा विचलित हो गए थे।

बाद में, कोरोना के प्रति जन जागरूकता हेतु "कोरोना से आत्मज्ञान" छपवाई, परन्तु इन कविताओं और रेखांकनों को बचा लिया, शायद यह, जगहंसाई से डरकर, झिझक महसूस कर रहे थे, परन्तु रात-रात भर जागकर, इन्होंने जो कड़ी मेहनत की थी, वह बेकार जा रही थी, इसका भी बहुत अफसोस था, तब मैंने इस किताब की मेनूस्क्रिप्ट को पढ़ा, मुझे यह किताब बेबाक पर सच्ची लगी।

मेरी सहमति पाकर, इन्होंने इसे "संतुष्टि-कोरोना से आत्मज्ञान-2" के रूप में छपवाने का निश्चय किया, जाहिर है इन्हें, महिला समर्थन की आवश्यकता थी, क्योंकि यह किताब, महिला प्रधान है और नारी सशक्तिकरण हेतु पूर्णतः समर्पित है।

जिस प्रकार किताब में, संक्रमित समाज की, गंदी सोच द्वारा घटित पापकर्मों का सजीव चित्रण किया गया है, उसमें इनको कुछ पेज गंदे जरूर करने पड़े हैं पर वह सहज एवं स्वीकार्य प्रतीत होते है, क्योंकि उन्हीं कटु उदाहरणों द्वारा असल समस्या जाहिर कर, उसकी जड़ पकड़कर हर कविता के अंत तक आते-आते, सटीक समाधान

प्रस्तुत कर, सम्पूर्ण समाज को सामाजिक जागरूकता हेतु आत्ममंथन करने के लिए मजबूर किया है।

यही तो इस किताब की वास्तविक सुन्दरता है जिसको मैंने, महसूस किया, आशा है आप भी, इस किताब को पूरा पढ़कर, आत्मसंतुष्टि पाकर सकारात्मक ऊर्जा पायेंगे। अधूरा पढ़कर मत छोड़ना, क्योंकि अधूरा ज्ञान, भ्रम जनित अफवाहें फैलाता है जिनसे शक उत्पन्न होता है, केवल यही शक, इस किताब की प्रतिष्ठा को कुछ समय के लिए हानि पहुँचा सकता है बाकी, सत्य शिवम् सुन्दरम्, सत्यमेव जयते, प्रणाम्।

– अभिलाषा राय

चित्रकार एवं गृहणी

इस किताब के रचयिता की जीवन संगिनी

रौनक राय

जन्म मई 25, 1988

जन्मस्थान मध्यप्रदेश

Gmail rounakraii786@gmail.com

Twitter https://twitter.com/Rounak13426428

Instagram https://www.instagram.com/invites/contact

Facebook https://m.facebook.com/rounak artists

YouTube https://www.youtube.com//Rounak Rai Artist

कुछ लेखक के बारे में

रौनक राय का जन्म, भारत के हृदय, मध्यप्रदेश के जिला शिवपुरी में स्थित एक छोटे से कस्बे, करैरा के एक गरीब परिवार में 25, मई 1988 में हुआ था।

प्रारंभिक शिक्षा नवोदय विद्यालय, शिवपुरी म.प्र. से एवं चित्रकला की स्नातक और स्नाकोत्तर की उपाधि, माधव ललित कला संस्थान, ग्वालियर म.प्र. से 2011 में प्राप्त की।

भारत भवन, भोपाल में, गुरु यूसुफ सर के सटीक मार्गदर्शन में कला की बारीकियां सीखते हुए, अपनी खुद की व्यक्तिगत शैली का विकास कर, राष्ट्रीय एवं अंतर्राष्ट्रीय स्तर पर ख्याति पाकर, कला के क्षेत्र में खुद को स्थापित किया।

क्राउड फंडर्स

(names listed alphabetically)

- Abhilasha Rai
- Abhishek Jain
- Amar Pal
- Anirudh Sharma
- Brajnandan Rai
- Deepak Ojha
- Deepak Sen
- Devanshu Sharma
- Divyansh Sharma
- Dr Deepak Shakya
- Dr Sonal Bhargava
- Ganesh Kushwah
- Heera Lal Rai
- Hemant Yogi
- Imarati Rai
- Jatin Jain
- Jitendra Bhargava
- Khyali Ram Jha
- Manish Bhargava
- Manish Rai
- Mayank Jain
- Mohit Singhal
- Murari Lal Rai
- Nikhil Pandey
- Padma Rai
- Pawan Dhakad
- Prafull Chorasiya
- Prashant Dubey
- Rahul Rai
- Rameshwar Dayal Lodhi
- Reena Rai
- Shiv Shankar Rai
- Vijay Sharma
- Vishal Sharma
- Vishambhar Dayal Rai
- Vivek Bharti

संतुष्टि

कोरोना

से आत्मज्ञान–2

रौनक राय

सुझाव और अनुभूतियों के लिए
आप लेखक को निम्नलिखित पते पर
सम्पर्क कर सकते हैं –
rounakraii786@gmail.com

आपके अनुभव

www.ingramcontent.com/pod-product-compliance
Lightning Source LLC
LaVergne TN
LVHW101428051026
849519LV00005BC/1908